大畫情聖
八
國策顧問
上山打老虎 著

【目錄】

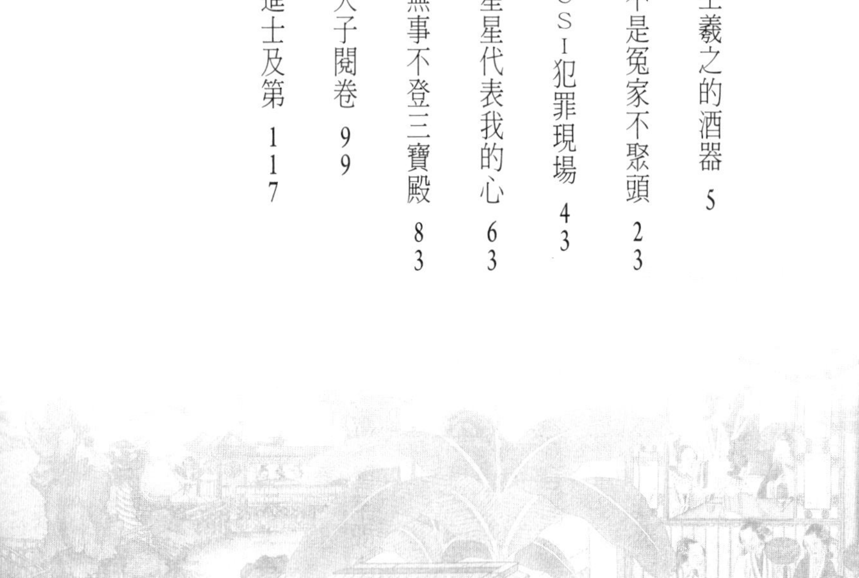

第一一六章
王羲之的酒器

他哈哈一笑：「學生若是所料不差，這應當是王羲之教人鑄造並且使用的酒器。
傳聞王右之愛飲酒，他教人製造出酒具，又親筆為這酒具題銘文。
安先生，一件王羲之的酒器比起漢時宮廷的酒器來，如何？」

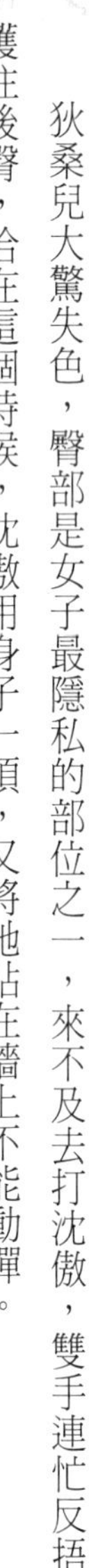

狄桑兒大驚失色，臀部是女子最隱私的部位之一，來不及去打沈傲，雙手連忙反捂護住後臀，恰在這個時候，沈傲用身子一頂，又將她貼在牆上不能動彈。

方才那一掌，感覺好極了，尤其是那入肉的感覺，令沈傲生出幾分暢快，這小丫頭小小年紀如此刁蠻，將來長大了還了得，豈不是又要做一個未來丈母娘唐夫人一樣的角色……

咦，本公子爲什麼會想到未來丈母娘呢，罪過，罪過，丈母娘人很好的，那叫馭夫之術，是一門博大精深的大學問，豈能和這丫頭的胡攪蠻纏混在一起。

「你……你……你打我，我……我要去告發你，你打狄青的嫡孫女兒……」狄桑兒這一次是真的傷心了。

居然把祖宗抬了出來，沈傲心裏哈哈一笑，隨即一想，若是這件事真傳揚出去，只怕自己走出這酒樓的大門，就有無數的武夫執槍帶棒的要尋自己拼命了，狄青在武人的心目中威望很高，自己傷不起啊。

他靈機一動，無比正義的道：

「哼，你居然還敢說你是武襄公的孫女兒，你太壞了，連學生最敬佩的武襄公親眷也敢冒充，學生這世上最佩服的人只有一個，那便是他。哼，我早就聽說，武襄公有一個遺孤孫女兒存在這世上，武襄公的孫女，自然是知書達理，胸懷寬廣的了。哪裡有你這般既愛胡鬧又愛撒潑的，哼！原本我還想放了你，可是你為了脫身，竟敢污蔑學生心目中的偶像，今日非要教訓教訓你了。」

狄桑兒先是聽沈傲說起自己的先祖現出無比的尊崇之意，心中暗喜，以為沈傲一定會乖乖放了她，誰知話鋒一轉，卻是這個結果。嗚嗚的要去捂住臀部，卻是來不及了。沈傲的手掌啪啪的擊打在她的臀部，令她又驚又羞，咬著唇又不敢叫出來，生怕引了人來，被人瞧見。

沈傲下起手來自然不客氣，他這一手降臀十八掌端地是厲害無比，看似輕輕落下，入肉時卻是加大了勁道，打得狄桑兒花容失色，低呼連連。

「我只問你，你還敢不敢這般凶惡？」沈傲意猶未盡的收回手掌，板著臉逼問。

狄桑兒哪裡見過有人這樣的凶她，更不曾想到沈傲的下手這樣重，低泣道：「不……不敢了。」

「那你還敢不敢冒充武襄公的親眷？」沈傲心裏偷笑，臉上卻是凶神惡煞。

「我……」狄桑兒想爭辯，觸碰到沈傲殺機騰騰的眸子，頓時氣勢減弱了幾分，忙道：「不敢了。」

「這就好。」沈傲的語氣驟然溫和了一些：「女孩兒家就要有女孩兒家的樣子，你看看你，成日喊打喊殺的，像什麼樣子？」

沈傲將狄桑兒放開，狄桑兒現在不敢再輕舉妄動了，對沈傲，她的心裏產生了一種本能的懼怕，以往她欺負別人，別人大多一笑置之，只因她的身分特殊，可是遇到沈傲這種狠角色，她是第一次嘗到了痛的滋味。

「好啦，我要走了，你好自爲之吧。」沈傲閒庭散步，背著手，搖了搖頭，撒個尿而已，居然撒出了這麼多事。不理會狄桑兒，拉門出去。

回到前堂，酒桌上已是一片狼藉，十幾個同窗一個個拉著沈傲問：「怎麼上茅房去了這麼久？」

吳筆喝醉了，拍著桌子道：「一定是沈兄不勝酒力，躲懶去了，不能輕饒了他，先教他喝上三杯賠罪。」

眾人轟然應諾，抓住沈傲要灌酒。沈傲嘻嘻一笑：「我自己來。」自斟自飲了三杯，抹了抹唇邊的酒漬。同窗們叫好，熱鬧非凡。

沈傲還擔心那小丫頭追出來報復，可是左等右等，卻不見她再拋頭露面，鬆了口氣，心裏想，這小妮子也有怕的時候，她不出來倒也罷了，真要出來，我當著眾人的面打她幾記美臀，看她如何收場。

這樣一想，心裏頗覺得得意，與同窗們又喝了幾杯。

天色漸晚，酒客們紛紛離去，王茗去會了賬，十幾個人勾肩搭背的要走。出了入仙酒樓，冷風襲來，眾人打了個冷戰，吳筆想起自己的詩還沒有作出來，方才憋在肚子裏都要焐爛了，可惜在酒樓裏又不敢吟出，此刻出了入仙酒樓，便再無畏懼，叉著手醉醺醺的道：

「諸位兄台，吳某要作詩了……」

「好！吳兄快吟出來給大家聽聽……」

吳筆開始醞釀情緒，腦袋又不自覺的晃動起來，又要出口，冷不防聽到身後道：

「你先別走，我有話和你說……」

這個聲音太熟悉，吳筆回眸一看，不是那小丫頭是誰？嚇得他一屁股跌坐在泥濘裏，一肚子的詩無影無蹤。

「哈哈……吳兄怎麼不作詩了，趴在泥地裏卻是爲何？」眾人嘲笑他，心裏都有些發虛，待那小丫頭走近了，瞪了沈傲一眼，道：「你留下！」

同窗們面面相覷，一個個朝沈傲抱拳：「沈兄，在下有事先走了。」

「沈兄，我已醉了，要趕快回去喝口茶醒醒酒。」

呼啦啦，不管是有事的，還是說自己醉了的，一個個跑得比兔子還快，健步如飛，哪裡像是醉了的人。

沈傲笑了笑，從容道：「不知桑兒姑娘還有什麼見教？」

狄桑兒剜了他一眼，慍怒道：「見教什麼，你們這些臭書生最壞了，當面一套背後一套。我……我……」

她先前還是一副氣焰囂張的樣子，見沈傲眉頭一皺，頓時又氣弱了幾分，低聲呢喃道：「我想和你說，方才是我不對，我不該對你動手的，我平時不是這樣的，只是見了你，就覺得很生氣，又看你把我的花房當作茅廁……」

後面的聲音低不可聞，隨著夜風帶走。

「沈傲，你是不是很瞧不起我？」狄桑兒抬眸，很是羞澀，繼續道：「其實你方才打了我，我才知道被人欺負原來是這樣的痛，從前我欺負別人，從來沒有想過他們的感受……」

她說起話來斷斷續續的，道了一聲謝，竟朝沈傲福了福身，很是乖巧。

沈傲見她認錯，正要客氣幾句。不防狄桑兒又抬起眸來，這一次眸光中殺氣騰騰，道：「不過你竟敢打我……那裏，我一定要尋你報仇！」她美眸一瞪，語氣從溫柔又變得粗魯起來：「你若是乖乖求饒，叫一聲小奶奶饒命，或許我放你一馬，否則，莫怪我的拳腳無眼。」

這一次她吸取了教訓，手腕輕輕一抖，袖子裏落出一柄匕首來，匕鋒在夜色下發出幽幽寒芒，顯是鋒利無比。

夜風習習，狄桑兒反握著匕首，橫在胸前，匕首寒光湛湛，說不出的恐怖。

沈傲鎮定自若地道：「咳咳……桑兒姑娘……」

狄桑兒怒道：「不許你叫我桑兒姑娘。」

「噢。」沈傲呆呆的點頭：「那麼小妞……」

狄桑兒又是怒氣沖沖地打斷他：「你……你不許胡說八道，我才不是小妞。」

沈傲深吸了口氣：「小姐，你能不能讓我把話說完？」

狄桑兒以為沈傲要求饒，心中頓時一喜，沈傲太可惡了，處處站在自己的上風，若是沈傲求饒，她倒是可以考慮放這臭書生一馬。

「你說。」

沈傲指著狄桑兒的匕首道：「小姐，你的匕首拿反了。」

狄桑兒一看，這匕首的尖兒卻是斜對著自己，頓時俏臉騰地紅了，方才太緊張，以至於她連基本的功夫都錯亂了，連忙扶正了匕首，又羞又窘地道：「我就喜歡這樣拿。」

沈傲呵呵一笑，只是下一刻板起臉道：「快把匕首收起來，否則打你屁股！」

狄桑兒突然感覺自己的屁股上似乎隱隱作痛，一時又怒又怕，持著匕首的手不自覺地有些顫抖，似乎快要握不住了，這時，卻發現沈傲一步步地往自己走過來，嚇了一跳：

「你……你別過來。」

方才她還要威脅沈傲，被沈傲這一嚇，花房裏的事驟然在腦中一閃，眼淚汪汪的團團轉著，連連退步。

沈傲欺身過去，狄桑兒如受驚的小鹿，哇地一聲大哭起來。

這時酒樓裏幾個人搶身出來，爲首的一個鬚髮皆白，精神矍鑠，沉眉道：

「小奶奶，什麼事？」

身後的幾個小二一個個身形魁梧，顯然都不是尋常的角色，或搬了長凳，或尋了掃帚衝出，眼見沈傲欺負了狄桑兒，已是怒不可遏，就等狄桑兒一聲令下，爲狄桑兒報仇。

「安叔叔……他……」狄桑兒也想不到會引來這麼多人，狠狠跺腳，咬著唇卻不肯告狀，總不能說這臭書生打了自己的屁股，說出去丟死人了。既不能道出真相，只好將匕首一拋，狠狠地剜了沈傲一眼。

那安叔叔鬆了口氣，不由地想，只怕是狄桑兒先胡鬧了，於是走到沈傲身前去，問道：「不知公子是何人？」

沈傲道：「我叫沈傲。」

安叔叔頷首點頭：「鄙人安燕，乃是酒樓賬房，沈公子，桑兒若是得罪了你，望你不要見怪。」他是熟知狄桑兒性情的，一心認為是狄桑兒為難了沈傲，又見沈傲一介書生，更不可能欺負狄桑兒。

沈傲不由地露出一笑，看了狄桑兒一眼，見她滿是悲憤，沈傲強忍住笑，正色地對安燕道：「不怪，不怪，小女孩兒玩玩罷了，學生大人大量，不會和她計較的。」

安燕呵呵一笑，便道了一聲告辭，要拉著狄桑兒回酒樓去，此時，街尾處一輛馬車徐徐行來，在酒樓外停住，這馬車並不華麗，甚至有些不起眼，下車之人手裏拿著一個包袱，走過來道：「安兄，錢已經準備好了嗎？」

沈傲看著這人，此人的相貌很平庸，穿著一件青色圓領的衫子，踱步過來，先是看了沈傲一眼，只是輕輕一瞥，便立即將目光移開，看向安燕。

安燕見了此人，顯出幾絲驚喜，道：「兄台的酒器也帶來了嗎？」

這人拍了拍包袱，示意安燕要的東西就在包袱裏。

狄桑兒是女孩兒心思，方才還飽受委屈，此刻卻又興沖沖地道：「你先拿酒器給我看看，看了再給錢。」

見狄桑兒過來，這人連忙將包袱抱在胸口，正色道：「我要先看了錢，再讓你們看

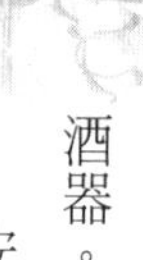

酒器。」

安燕連連點頭，笑道：「是這個道理，兄台請先進酒樓歇歇腳吧。」

沈傲在一旁看得奇怪，自覺閒來無事，倒是想看看是什麼酒器讓人當作了寶貝，笑哈哈地道：「學生能否也進去看看？」

如此突兀的話，也只有他臉皮夠厚才說得出口。

狄桑兒白了他一眼：「臭書生不許看。」

安燕連忙道：「沈公子若是願意，可自便。」

一行人進了酒樓，安燕親自安排這怪人上了二樓的廂房，叫人點上了七八盞蠟燭，將廂房照得通亮，怪人坐下，接過小二遞來的茶水，狄桑兒坐在他的對面，沈傲則是側站一旁，如此神神秘秘的酒器，勾起了他的好奇心。

過不多時，安燕上了樓推門進來，手裏捏著一遝錢引，放置在桌上，對怪人道：「請兄台清點，一共是一千五百貫。」

怪人臉色緩和了一些，拿起錢引數了數，數目沒有錯，鬆了口氣，將包袱解開，一件漆製的酒器出現在諸人的眼簾。

狄桑兒身手最快，探著頭左看看，右看看，隨即托腮道：

「這當真是漢時宮廷的酒具？不會是贗品吧？」

這一句話問得很是突兀，怪人冷哼一聲，似是受了侮辱，搶過漆製酒器放入包袱道：「既然如此，在下告辭，這錢，我不要了。」

安燕攔住他：「兄台莫怪，莫怪。」

好不容易將怪人勸住，那怪人又將酒器取出來，這一次，安燕小心翼翼地捧起酒器，左右打量，喃喃道：「果然是木胎塗漆工藝製作的漆製酒具。兄台能不能容我再看看？」

怪人點了點頭，沈傲也湊過來，道：「我也來看看。」

只看形制，沈傲便對這酒具瞭然於胸了，這應當是脫胎於青銅酒器的「耳杯」，耳杯又稱「羽觴」「羽杯」等，在秦漢時最爲流行。可用來飲酒，也可盛。耳杯通常的形狀爲橢圓形，平底，兩側各有一個弧形的耳。

「羽觴」名稱的來由，主要是因爲它的形狀像爵，兩耳像鳥的雙翼。除此之外，在酒具的身上，還雕刻著許多精美的花紋，做工極爲精湛，只看這紋飾，就帶有漢室宮廷的特點，讓人一望，盡顯奢華。紋飾的正中，還有幾個銘文，銘文上用漢隸寫著「君幸酒」三個字。

漆製酒具，到了漢朝已進入鼎盛的高峰，青銅器的酒爵逐漸開始退出舞臺，除非一些祭祀的特殊場合，大多數酒具都開始由漆製酒具替代。不過，漆製酒器到了後世已經開始彌足珍貴起來，以沈傲對後世的理解，在現代根本沒有一件完好的漆製酒具流傳於世，那些更古老的青銅酒爵反而流傳的較多。

就是在宋朝，漆製酒具也是少之又少的，須知漆製酒具大多是木質，外表塗抹一層防水的漆皮，這種酒具做工更為精美，尤其是漆繪，比之青銅酒爵更令人願意收藏。只不過由於是木質，再加上喪葬中的陪葬品大多還是青銅器，因而這樣的酒具不管在哪個時代，都是有市無價的。

沈傲第一次打量著保存得如此完好的漆製酒具，看著酒具外表的釉繪，心裏生出莫名的激動，身為藝術大盜，哪裡會不知道這小小酒具的價值，既是宮廷之物，又是彌足珍貴的漆製珍寶，這個怪人竟是一千五百貫脫手，若是換了自己，便是五千貫也絕不會還價。

看了這怪人一眼，沈傲隨即明白，此人應當是個盜墓賊，不知盜了哪家的墓，急於將墓中的古物脫手，因而才如此賤賣，沈傲又看了這酒具一眼，眼眸中生出一絲疑竇，只是一閃即逝，便笑呵呵地退到一邊去。

安燕查驗了酒具，看不出作舊偽造的痕跡，才是頷首點頭，甚是滿意，對怪人道：「兄台，這酒具就歸我家小奶奶了，錢嘛，兄台帶走吧。」

怪人頷首點頭，也不客氣，抄起錢引，立即便走。

廂房裏，狄桑兒興致勃勃地道：「安叔叔，讓我看看這酒具……」說著，衝過去要去看，安燕連忙道：「小奶奶，小心一些，小心一些……」

狄桑兒舉起酒具左看右看，道：「爺爺在世時，最愛飲酒，拿這酒具來供奉他的牌位，再好不過了，可惜要了我們一千五百貫，早知該和他殺殺價的。」

沈傲笑道：「這件酒具，至少價值三萬貫以上，你出手一千五百貫，已是佔了極大的便宜，還想講價？」

狄桑兒朝他做鬼臉：「不要你管。」

安燕這才想起招呼沈傲，其實沈傲的大名，他早已得知，坊間俱都流傳沈傲的眼力最好，是汴京第一鑑寶大師，便道：「沈公子，你說這酒具價值三萬貫？據老夫所知，市面上這等酒具，至多也不過萬貫而已。」

漆製酒具，尤其是漢朝宮廷的漆製酒具在宋代雖然彌足珍貴，可是年代畢竟比之現代要相近了一些，因而也不至開到天價的地步，沈傲口裏說這酒具價值三萬貫，安燕以爲自己聽錯了，又覺得這個沈傲只怕也是名不副實。

狄桑兒也道：「是啊，我從前見過一個也是這般的酒具兜售，也不過七千貫罷了，這酒具，如何能賣到三萬貫？」她故意要給沈傲難堪，好嘲笑他，報回一箭之仇。

沈傲呵呵一笑，道：「因爲這是一件巧奪天工的贋品，如此贋品，就是三萬貫，還只是起步價罷了，若是遇到識貨的買主，便是五萬、六萬，也算不得什麼。」

安燕撫鬚笑道：「何以見得這是贋品？」

狄桑兒道：「安叔叔，不要理他，臭書生就會胡說八道。」她還想繼續說，沈傲瞪了她一眼，她嚇了一跳，便不敢再說了，身子不由地向安燕靠了靠，尋求安燕的保護。

沈傲哂然一笑：「簡單得很。」說罷，沈傲拿起酒器道：「安先生可看到這酒器身上作舊的痕跡嗎？」

作舊是僞造古物的重要關節，可以說，一件仿品的好壞，最終還是看作舊是否足夠精細，最通常的一種辦法就是用帶細沙的泥砣，對贋品輕輕擦磨。爲拭去擦痕，再用牛皮膠砣蘸油打磨。用此法使贋品褪去光澤，冒充古物。

不過，這只是最低劣的手法，初看確像古物，然仔細察看，終可發現破綻。因爲古瓷歷經日久，長期摩挲，雖然呈現舊色，但畢竟還有難摩和漏摩之處依然帶亮色，而僞品則全部磨舊，無一點亮色。

安燕搖頭道：「恕老夫眼拙，並沒有看到作舊的痕跡。」

沈傲笑了笑，將酒器的底部給他看：「先生請看這底座，尤其是四腳的細微處，會不會發現有摩擦的痕跡。」

安燕定神一看，臉色驟變。底座的四腳分明有擦痕，只是奇怪的是，這擦痕十分巧妙，若不細看，絕不可能認出來，安燕不由地道：

「這件酒器當真是贋品？沈公子爲什麼先前不早說？」

沈傲笑道：「若是方才說了，先生會花一千五百貫買一件寶貝嗎？」他笑道：「雖然這是件贋品，可是若我猜得不錯的話，這酒器應當是晉人的僞作，雖不是漢時宮廷之物，也算是古物了。」

「是晉人的僞作？」安燕此刻再不敢小覷沈傲了，道：「請沈公子賜教。」

狄桑兒見沈傲一副神氣的樣子，又見安燕對他奉若神明，頓時心裏十分不悅，氣呼呼地坐在那裏生悶氣。

沈傲道：「簡單得很，請先生看這銘文吧。」

安燕看了看酒器上的銘文，那「君幸酒」三個字赫然在目，安燕搖搖頭道：「漢時的酒器大多會刻上這個銘文，沈公子認爲錯漏在哪裡？」

沈傲提醒道：「你看這字，漢時可有這般的字體嗎？這三字乃是漢末鍾繇創造的小楷，與漢時的楷書不同，所以，這酒器的年代，應當在三國時期。小楷由鍾繇開創，可是他開創的時候還並不成熟，直到後世，才逐漸將小楷完善，先生看這字，字形的結構合理，用筆細膩，結構多變。只有到了西晉末年，楷書才形成這種風格。」

隨即，他哈哈一笑：「而且，這行書的風格，恰好與王羲之王右軍的筆法相同。學生若是所料不差，這件漆製酒具應當是王羲之教人鑄造並且使用的酒器。傳聞王右之好漢風，愛飲酒，他教人製造出一個漆製酒具，又親筆爲這酒具題銘文，倒也說得通。安先生，一件王羲之的酒器比起漢時宮廷的酒器來，如何？」

安燕道：「王右軍留存於世的墨寶和用具本就彌足珍貴，這般的酒具，更是絕無僅有。漢宮的御用之物雖多，可是留存於世的酒具卻是不少，論起來，還是這件酒具更加珍貴。」

沈傲頷首點頭：「所以學生才說這件酒具至少三萬貫以上，現在，王羲之的推崇者甚多，就是要價再高一些，只怕也會有人肯掏腰包的。」

狄桑兒見沈傲的一番說辭讓安燕折服不已，道：「這酒具我們不賣，你這臭書生滿口的銅臭，哼！一看就不像好人。」

安燕連忙道：「小奶奶，不可怠慢了貴客。」

此時安燕看沈傲的眼神不同了，對夥計道：「上最好的酒水來，招待貴客。」

沈傲連忙搖手道：「學生已經有些醉了，再不能與先生痛飲，改日吧。再過些時日，國子監就要終試，學生還要準備功課，先生，告辭了。」

安燕很是遺憾地道：「不能聆聽沈公子的學問，安某實在遺憾，待過了終試，安某親自教人請公子來喝酒。對了，順道把你的同窗一道請來。」他朝身邊的小二吩咐道：「往後沈公子帶朋友來喝酒，酒錢就免了。」

狄桑兒撅著嘴，哼了一聲：「我去睡了。」說著，心懷不滿地走了。

沈傲告辭出去。回到國子監倒頭便睡，第二日醒來，再不分心，安心讀書。

第一一七章
不是冤家不聚頭

待眾人進了考場，在考棚裏做了準備，
那徐魏的考棚正對著沈傲，相隔有兩丈，所謂不是冤家不聚頭，
徐魏早就對沈傲心生不滿，再加上他本就是不服輸的人，
因而今日做足了準備，要與沈傲一較高下。

再過半個月就是終試，這個終試，和期末考試並不相同，終試有點像畢業考試，而且只有過了終試，才有資格取得科舉的名額。

國子監的制度，有些像後世保送生，一旦入了國子監，就算是有了功名，可以不去參加地方的考試，去取得童生、秀才之類的身分，即可參加科舉。

不過要參加科舉，卻不是想考就考的，國子監內部的規章很嚴厲，早已明文規定，只有過了終考，才能參加科舉，一旦沒過，雖然也算國子監畢業，秀才的功名仍在身上，卻不能參加科舉。

另外，這終考只有一次，不管是太學生還是監生，你只要願意，可以在這裏讀一輩子的書，但是一旦你選擇了終考，那麼就算是結業，所以這便是爲什麼不少才子，如太學的程輝、徐魏，還有國子監的蔡行諸人仍然在讀，以他們的學問，要過終試從而中科舉自然容易，可是終考、科舉的機會只有一次，所以大多數人作出選擇時都十分謹慎，寧願在學校裏多待一年，也不會貿然去應試。

到了二月十一，終考的榜文便放出來了，大意是叫學生去報名，國子監這邊報考的人並不多，吳筆是最先報名的，他年紀不小。趁著父親還沒有致仕，要盡快地考中科舉，將來在仕途中才可以得到一些照顧。至於其他人，大多都只是搖頭，終考倒是好過，可是參加了終考，便算是結業，往後再不能來讀書，一旦在科舉中落敗，那可大大不妙。

況且太學那邊也傳出消息，說是程輝、徐魏等人也都在今年報考。如此多的強者報了名，今年的科舉只怕更加不易，還是等來年的好。

爲了準備終考，唐嚴親自將沈傲叫到崇文閣去。現在，沈傲是他的未來女婿，唐嚴自然關心他的前程。

是否參與終考，確實是一件難以抉擇的事，不過沈傲早有了主意，當唐嚴問起時，很是篤定地道：「學生已經下了決心，打算報考。」

唐嚴本想說什麼，見沈傲很是堅決的樣子，也就不再說了，只是勉勵他好好考，又送了幾本書來。

兩耳不聞窗外事，一心只讀聖賢書，這句話是沈傲現在的寫照。他發奮用功來，自有一股韌勁，合理安排時間之後，就是旬休日也不回府，用功苦讀。

整個國子監裏報了終考的不過二十幾人，是往年最少的，監生們聽到太學的程輝、徐魏，國子監的沈傲、吳筆都報了名，哪裡還敢去和這幾個才子一爭長短。

吳筆乾脆搬了自己的被子到沈傲的寢室來，背著書囊與沈傲一道兒復習功課，二人倒也有趣，除了讀書，便去泡一壺茶或叫人去買一壺酒，相互對坐之後，各自出題，教對方破題、承題，誰輸了便罰茶或罰酒。

其實吳筆的經義水準與之沈傲比起來並不差，沈傲的特長在於腦子靈活，思維往往異於常人，破題往往比吳筆要快得多，而且他深得陳濟的真傳，對於填詞之道很是精通，有了破題，之後便是圍繞著中心思想不斷填詞便可。

而吳筆的特長在於穩健，他是書香門第，自幼開始讀書，四書五經和歷代的經義範文都爛熟於胸，因而有時候沈傲出了些怪題出來，他竟也能對答如流。

同窗們見二人苦讀，也不敢來打擾，倒是有幾個親近的，偶爾會提些吃食來犒勞他們，有時也會借抄錄些範文來給他們看。

日子一天天過去，天氣更是炎熱，夏季逐漸來了，夜裏的蚊子和知了擾得人睡不著，沈傲點燈起來，吳筆也一骨碌從床榻上翻身而起，原來他也沒有睡著。

沈傲笑笑道：「怎麼，吳兄也睡不著嗎？」

吳筆苦笑道：「這天氣又悶熱，蚊蟲又多，攪得人心煩意亂，哎，我算是知道爲什麼朝廷會只進行春闈和秋闈了，若是這個時候教人進考場，只怕那卷子收上來，全是胡說八道。」

沈傲挑了挑燈芯，屋子明亮了些，推窗往外看，見遠處湖畔的涼棚裏喧鬧非凡：「你看，他們也沒有睡呢，天太熱了。」

他的心裏突然想到了一件事，自己若是配出防蚊蟲的藥來，拿到各個茶坊裏去賣，只怕生意定會火爆。隨即又是苦笑，不說蚊香的製作工藝麻煩，而且這東西夜裏需要點燃，而這個時候的房屋大多是木質，還要添置不少的柴草。真要造出來，誰知道會增加多少安全隱患。搖了搖頭，道：「屋子裏還有茶嗎？我們喝口茶看看書吧。」

吳筆頷首點頭，去尋了茶罐，發現茶罐已是空了，便拿著空罐道：「我去尋王茗幾個討要些茶葉去，說不定他們還有熱水。」抱著茶罐走了。

沈傲呆呆地坐在榻上，一個人發呆。

過不多時，有腳步聲移近，沈傲以爲吳筆回來了，便道：「吳兄，茶葉要來了嗎？」

「沈公子。」來人卻是個胥吏，這胥吏顯是被人驚醒，還有點兒睡眼惺忪，朝沈傲行了個禮，道：「集賢門外頭有人尋你，在外頭喧鬧得不行，說是有很重要的事，一定要見到你。」

這麼晚有人來找自己，沈傲滿是狐疑，不知來人是誰，長身而起，道：「有勞你了。」說罷，披了一件外衫隨胥吏出門。

胥吏一路上喋喋不休地道：「這大半夜的來叫人，若不是來尋沈公子的，我才不理他。」

這一番話，自然有點兒討好的意味，沈傲心裏明鏡似的，自己是祭酒大人的上門女婿，莫看唐嚴在家裏有點兒伸不直腰，在這國子監裏可是一言九鼎的。

到了集賢門，便看到一個人挑著燈籠等候多時，沈傲叫胥吏先回去歇了，走過去，見這人不過是個小廝裝扮，便問：「是你要尋我嗎？」

不遠處，一輛馬車的車廂裏有人道：「是我。」

說話之人聲音脆生生的，有點耳熟，待那人從車廂裏出來，沈傲才看清此人的相貌，原來竟是狄桑兒。

三更半夜，狄桑兒跑來找自己做什麼？莫非……是要尋仇？

沈傲打量狄桑兒一眼，卻見這小丫頭今日有些不同，非但沒有了囂張氣焰，反倒雙眸裏淚光點點，眼睛紅通通的，在車廂裏應該哭過。這是怎麼回事？本公子這幾天沒打她屁股啊。

「咳咳……」沈傲咳嗽兩聲，正色道：「狄小姐深更半夜拜訪，不知有什麼事要見教？」

狄桑兒沉默了片刻，才是鼓足勇氣道：「是安叔叔要我來尋你的，那件酒具被人盜了。」

酒具被人盜了？沈傲頗有些遺憾，天下之間，獨一無二刻著王右軍行書的酒具，彌足珍貴，不過酒具被盜，倒也說得通，一個價值三萬貫的酒具，若說不遭人惦記，那才怪了。

沈傲哂然一笑：「酒具被盜，你不尋官府，卻來尋我做什麼？」

狄桑兒來尋沈傲，本就有些不情不願，只是受了安燕的囑托不得不來，見沈傲不冷不熱的樣子，此時又羞又怒，強忍著不快道：「你知道什麼……酒具的事是不能讓官府知道的。」

沈傲經由狄桑兒提醒，頓時明白，首先這酒具的來路不正，原先只是買一件盜墓賊的漆製酒具，倒也沒什麼。可是如今發現這是世上獨一無二的珍寶，若是稟告了官府，難保朝廷裏不會有人垂涎三尺，到時只需說這是贓物，便可將酒具收繳了去。

更何況，這件事越少人知道越好，安燕是個細心人，若是報了官，就是將酒具尋了回來，這件事也會鬧到天下皆知的地步，到時更不知有多少人覬覦這件寶物，所謂不怕賊偷就怕賊惦記，便是這個道理。

沈傲只好道：「酒具丟失了，卻爲何來尋我？」

狄桑兒道：「酒具不但丟失了，連安叔叔也被賊人打傷了，因此，安叔叔說，要盡快尋回酒具來，可是他現在臥床不起，我又是個女孩兒家，不經事，沒有什麼人可以託付，叫我來請你……」

沈傲苦笑。這個安燕也太看得起自己了，沉默片刻，道：「當時在場鑑寶的，屋子裏一共有七個人是不是？」

狄桑兒連忙點頭：「對，除了你、我，還有安叔叔，那個賣寶之人，另外還有三個夥計。」

沈傲道：「我一直在國子監裏讀書，這一點有許多人可以證明。至於你，也可以排除嫌疑，那個賣寶的是盜墓賊，而且還不知道酒具的真正價值，暫時也可以排除在外。也就是說，能對寶物的價值瞭若指掌，又能產生覬覦之心的，就只剩下安燕和三個夥計的嫌疑最大……」

狄桑兒道：「安叔叔是不會竊寶的，更何況，他還被賊人打傷了，你胡說八道什麼。」

沈傲苦笑道：「我只是分析。當時在場的都有嫌疑，況且被賊人打傷，誰知道是不是他自己爲了洗清嫌疑故佈的疑局？」

頓了一下，又繼續道：「若是酒具被這四人其中之一竊了，倒也沒什麼關係，既然賊人不潛逃，那麼就說明他們對自己很有信心，若我猜得沒有錯，過一些時日，等風平浪靜之後，那個盜寶之人便會悄悄地去尋找買主，到了那時，一切就水落石出了。」

他打了個哈哈：「好啦，過兩日本公子得要考試，恕不奉陪了，狄小姐這幾日注意這幾人就是了，再見。」說罷，旋身進了集賢門。

身後的狄桑兒對他道：「哼！早知就不叫你幫忙。」接著，頗有些悻悻然地對車夫道：「回酒樓去。」

沈傲回到宿舍，便見吳筆在燒水泡茶，吳筆抬眸看到他，問：「沈兄大半夜的去哪裡了？四處尋不到人。」

沈傲敷衍幾句，心裏倒是不由地對狄桑兒的酒具被盜之事有些上心，酒具被盜，嫌疑犯只有四人，到底是誰呢？

他的好奇心很重，方才故意先回來，便是料定了這竊賊暫時不會輕舉妄動，會等待風聲小些了才會繼續活動，現在去把人揪出來，難度太大，還不如先放鬆那竊賊的警惕，自己再慢慢入手。

喝了茶，二人更是睡不著了，看了會兒書，沈傲不由地想起了蓁蓁，心裏苦笑，紅袖添香，若是蓁蓁在這裏，倒也有趣，蓁蓁最愛古玩，可惜那件酒具沒有機會讓她鑑賞過。

隨即又想起了春兒、茉兒，她們現在不知如何了？哎，周小姐的事最難辦，周若的心意，沈傲是明白的，只是周若的性子有些高傲，是絕不肯委曲求全的。唏噓一番，轉眸一看，吳筆卻是趴在桌案上睡著了。

過了兩日，便是終考，今年國子監終考的人數最少，而據說太學終考生竟有一百餘人，且陣容強大，因而唐嚴等人頗有些緊張。

終考的考場是在太學，唐嚴領著眾考生過去，到了考場。那太學國子監祭酒便笑吟吟地迎過來，朝唐嚴道：「唐大人來得這麼早？」

這二人一向不太和睦，也不過是面子上的客套，唐嚴捋鬚道：「自然來得要早些，教監生及早做準備。」

成養性的身後，跟著兩個人，這二人，唐嚴是認識的，程輝和徐魏也要應考嗎？看他們信心十足，莫非是要入三甲？

程輝仍是那副颯爽的風采，朝唐嚴行禮道：「學生見過祭酒大人。」他不說唐大人，而是故意報出唐嚴的官名，拿捏住了分寸，表示自己對唐嚴的疏遠。

至於那個徐魏，更是狂妄得很，很是勉強地拱拱手，道：「素聞唐大人的賢婿也來應考，汴京第一才子，嘻嘻……徐某倒是要見見。」挑釁意味很濃。

成養性心裏樂開了花，卻是故意道：「徐魏，唐家的女婿是汴京第一才子，這是人盡皆知的事，你莫非不服氣嗎？」接著又對唐嚴道：「唐大人恕罪，這徐魏自恃自己的學問尚可，因而總是狂妄了一些。」

唐嚴只好道：「不妨事，不妨事。」

沈傲眼見老丈人吃了鱉，又見這徐魏狂妄得很，冷哼一聲道：「徐兄不服氣，是理所應當的事，說起來，學生遇到的狂生也是不少，就是不知徐兄到底有沒有狂妄的本錢。」

徐魏大怒，道：「今日見了沈兄，想必這汴京第一才子，也名不符實。」

沈傲淡然道：「到底如何，考過了就知道。」

沈傲藝考第一，在徐魏眼裏還真算不得什麼，看著沈傲冷笑道：「好極了，只有考過了才知道。」

待眾人進了考場，在考棚裏做了準備，那徐魏的考棚正對著沈傲，相隔有兩丈，所謂不是冤家不聚頭，徐魏早就對沈傲心生不滿，再加上他本就是不服輸的人，因而今日做足了準備，要與沈傲一較高下。

沈傲看著對面的徐魏，哂然一笑，從容淡定地等待試卷發下。心裏在想，一定要打擊這徐魏的囂張氣焰。

待試題發下，沈傲看了卷子，試題的名字叫《所謂誠其意者，毋自欺也。始惡惡臭，如好好色，此之謂自慊》。沈傲隨即明白，這句話出自《大學》，意思是說，所謂心要誠實，就是說自己不要欺騙自己，要像厭惡臭氣和喜歡美麗的顏色一樣，這樣才能說自己意念誠實，心安理得。

一般經義，大多出自論語，這道題出自大學，頗有些標新立異。大學中的字句頻繁的摘抄出來出題，這還是在南宋之後的事。

沈傲想了想，不由望了對面的徐魏一眼。見徐魏正皺眉沉思，想必正在思考破題之法，心裏就想，要考過終考不難，既然要和他比，就看誰先想出破題了。這徐魏雖然狂妄，可是思維極其敏捷，破題很快，不如就和他比一比。

這個時候，徐魏也恰好抬眸看過來，與沈傲的目光相對，只怕也存了這個心思，朝沈傲冷笑一聲，又垂頭去看題了。

沈傲想了想，從容提筆寫道：「夫好惡咸正，而凡意皆如其心，不可恃心而任意也，猶不可恃身而忘心也。」

這是破題，破題的大意是既然如此，那麼君子的好惡在於不可恣意妄行，切記要立身律己。

接下來的承題是：「傳者釋正心之在誠意者曰：『今咸謂意從心生爾，而夫人恆有心外之意，其孰能知之！』」承題引用的是孟子的思想，仍是圍繞著破題展開。

有了承題、破題，沈傲下筆如飛，反觀對面的徐魏，剛剛想到破題之法，等他抬起眸來看沈傲的進展，卻見沈傲早已下筆，不由懊惱，連忙動筆。

有了陳濟的指導，沈傲做題，對填詞一道已有了相當的水準，因而一旦下筆，便收不住了，只用了半個時辰，一篇千餘字的經義文章便算作成，待他好整以暇地抬起下巴，看到對面的徐魏正寫寫停停，還在答卷，心裏便忍不住促狹著想：看你怎麼狂，看我怎麼耍你。

吹乾了卷子的墨跡，高聲道：「交卷！」

這一道聲音不大，卻也足以令監考官和徐魏聽見，徐魏抬起頭來，看到沈傲已做完了卷子，心就亂了，急促促地又去答題，可是心一亂，這題目卻不太好答了，方才打好的腹稿一下子忘了，因而答得更是慢了幾拍。

監考官過來，見沈傲已做完了題，沈傲如今也算是飽負盛名的人物，監考官倒是不介意他提前交卷，收了他的卷子，還不忘道：「小半時辰就做完了？沈公子是否要檢查一遍？」

沈傲搖頭，故意抬高音量道：「學生已檢查了三遍，斷無問題。」

那一邊徐魏聽了，豆大的冷汗自額頭流出來，人家已檢查了三遍，自己的經義卻只作了一半，只這個快字，沈傲就將他甩了個老遠，心裏又是懊惱，又是著急，羞愧難當。

提前交卷出來，沈傲的心情大好，不過這太學不是久留之地，沈傲發現過往的不少太學生注意到了他，不敢多逗留，趕緊回國子監了。

閒來無事，便想著自己好歹是個書畫院侍讀學士，領了薪俸也不見去報到，實在有些不好意思，於是乾脆換了衣衫，戴著魚符去書畫院一趟。

翰林書畫院的辦公地點在宮內，說到皇宮，很多人都認爲這是皇帝一個人住的地方，其實它還是有不少的功能的，比如後宮，不得皇帝的允許，自是誰也不能輕易進入，可是外庭卻也有一些辦公機構，譬如翰林學士院、翰林書畫院都設在宮內，以備皇帝召喚。

到了正德門，禁軍驗了魚符，沈傲進宮，左拐右轉，總算尋到了書畫院的門面，踱步進了大堂，裏頭一個値堂的書畫院檢討正靠著桌案打著盹，見沈傲進來，才是清醒了幾分，正色道：「來人是誰？」

沈傲道：「鄙人沈傲，前來點個卯。」

檢討一聽沈傲的大名，頓時大喜，道：「原來是沈學士，沈學士，下官有禮，下官給你遞茶來，您先坐一坐。」

這翰林院比不得其他部堂，哪個衙門裏都有幾個小吏伺候的，唯獨這裏，由於小吏入不得宮，按常理，皇帝大多會派幾個太監來打打雜，只不過做太監的，往往在宮裏頭都有大太監罩著，像檢討這樣的末流小官，哪裡敢叫他們去斟茶遞水，因此這些力所能及的事，都是他們自己去做。

沈傲連忙叫住他：「不必了，我只是坐坐而已。」

那檢討只好返回來，笑呵呵地道：「沈學士是第一次來書畫院吧，嘿嘿，下官久聞大名，今日一見，卻不曾想到沈學士這般的年輕，可惜沈學士是個大忙人，否則下官少不得要向沈學士討教一些畫技了。」

沈傲頷首點頭：「原來這是畫院？怎麼這院落的幾個衙堂都差不多？」

書畫院的宅子在宮廷的東北角落，雖不起眼，建築卻是不少，七八個閣樓，分別是琴棋書畫阮玉等各衙堂，沈傲想不到自己歪打正著，恰好撞進了畫院。

檢討嘻嘻笑道：「這不正是沈學士與畫有緣嗎？你莫看我們這畫司的衙堂小，其實在這宮裏頭，官家是每隔個三五日便要來叫人的，不說別的，就說畫司裏兼差的侍讀學士趙令穰趙大人，年前就已是翰林書畫院大學士了，掌管著整個書畫院呢。」

沈傲見這檢討嘴皮子厲害，滔滔不絕，從東說到西，卻不惹人厭，便笑道：「不知兄台大名，還請賜教。」

這檢討笑得更是燦爛，忙道：「鄙人周莊，現任書畫院畫司檢討。」

那檢討的話音剛落，便有人道：「沈傲，你莫聽這周莊胡說八道，他畫技倒還算可，就是這張嘴最是不靠譜。」說著，兩個人影跨過衙堂的門檻，那檢討一看，嚇得面如土色：「臣周莊見過陛下。」

沈傲也不得不站起來，忙是行禮道：「臣見過陛下。」在外人面前，沈傲還是不敢對皇帝亂來的，以免降低了皇帝的威信。

來人正是趙佶和楊戩。

趙佶搖著白玉扇子，哈哈笑道：「起來吧，咦，今日不是終考嗎？怎麼，沈卿就交了卷？」

沈傲訕訕笑道：「試題做完了，閒著也是閒著，便來這裏坐坐。」

趙佶坐下，他今日穿著一件尋常的長領衣衫，笑呵呵地道：「朕打算出宮去走走，路過這裏本是想來看看，竟是撞到了你，你陪朕一道出宮吧。」

沈傲屁股還沒有坐熱，卻又要陪著這皇帝去壓馬路，心裏很不自在，卻不得不點頭道：「遵旨。」

一行三人出了正德門，那些侍衛對於趙佶出宮，想必也已經習慣了，也不多問，立即有七八個穿了常服的禁軍高手遠遠尾隨，至於其他地方是否還有暗哨，沈傲就不得而知了。

趙佶搖著扇子，看著這街上一派熱鬧的景象，不由地道：「這裏雖然熱鬧，卻不知有什麼好玩的去處，沈傲，你說說，這裏有什麼可玩的？」

沈傲很正經地道：「王相公，學生是讀書人啊，讀書人能出來玩嗎？這汴京城的書店，學生知道幾家，其他的，就不得而知了。」

他說得理直氣壯，面不改色，一點也不覺得難爲情，其實他知道，就在不遠處的拐角，就有一家青樓，此外再遠一些，就有兩家賭場和一家蟲店，要玩，汴京城的玩意多得是，不過帶著皇帝去青樓、賭場、蟲店，若是教人知道了，只怕明天士林就要大罵他一頓，要注意形象嘛，沈傲這點小心機還是有的。

趙佶硬生生地給討了個沒趣，猛地將漢白玉扇子收攏，道：「那麼就尋個酒樓坐坐吧。」

趙佶的提議反倒讓沈傲想起入仙酒樓的事，想了想，便對趙佶道：「王相公，我帶你去個地方，不過你需保證，不許覬覦一樣寶貝。」

沈傲的口氣，讓趙佶有些不爽，皺眉道：「什麼寶貝？」

沈傲含笑不答。

趙佶的好奇心給勾了起來，道：「好，我絕不覬覦那寶物，你說便是。」

沈傲將入仙酒樓的事說了，趙佶眼眸一亮：「當真是王右軍的墨寶？」隨即又想起自己方才金口已開，有些黯然：「好，我便隨你去揪出真凶來，至於這寶物，我只看看便是。」

三人一道去了入仙酒樓，門口的小二見了沈傲，頓時眉開眼笑，再沒有不久前那樣的嘴臉了，將沈傲迎到二樓，恰好見到狄桑兒，狄桑兒冷哼一聲：「什麼風兒將沈公子吹來了。」

沈傲將她拉到一邊：「我來幫你尋回那酒具的，我問你，最近幾天你發現了什麼？」

狄桑兒暈乎乎地道：「什麼發現什麼？」

沈傲苦笑：「就是我說的那四人，最近有什麼可疑之處？」

狄桑兒恍然大悟，美眸兒一眨，道：

「是有很多可疑之處，不過我認爲最可疑的是三個店夥，至於安叔叔，是絕不可能做出這種事的，狄家一向都是安叔叔打理，經手的錢至少在萬貫以上，他爲什麼要偷酒器？」咳嗽一聲，繼續道：「至於那三個店夥，其中一個叫王凱，一個叫劉慧敏，最後一個叫曾盼兒，他們都很可疑，比如那個王凱，今日清早比平時早起了半個時辰，沈公子，我問問你，他起得這麼早，是不是有可能是因爲偷了東西而感到內疚，故而一夜未睡？」

狄桑兒頓了一下，又道：「還有那劉慧敏，今天傳菜的時候，有些心不在焉，被我發現他在躲懶。至於那曾盼兒，對了，他是最可疑的，今日有人來酒樓裏尋他。」

「有人來尋他？是什麼人？」沈傲心裏猛跳了一下，連帶著一旁的趙佶也緊張起來。

「來人是他的親戚，我從前見那人來過一次，好像是堂兄，那人不像是個正經人，一看就不是好東西。」

「莫非是個潑皮？」沈傲不由地想，若是個潑皮，難保不會是那曾盼兒不小心和這潑皮透露了酒具的事，隨後這潑皮慫恿他行竊。

狄桑兒搖頭道：「不，不是潑皮，是個臭書生，好像和那曾盼兒是同鄉，考不中科舉，所以在這汴京城裏授館爲生。」

沈傲無語，好好的一個教書先生，被她描繪成了個潑皮，狄桑兒太不靠譜了，指望從她口裏得出什麼有用的訊息還是算了吧。

沈傲笑了笑，道：「你能不能帶我到酒具被盜的現場去看看？」沈傲就是盜賊，對盜竊很有心得，因而希望從那裏尋找到一些蛛絲馬跡。

狄桑兒聽罷，警惕地看了趙佶一眼：「他是誰？」

趙佶連忙道：「學生是沈傲的好友，是個讀書人。」他自稱自己是讀書人，便是想放低狄桑兒的警惕，誰知狄桑兒橫瞪了他一眼，怒氣沖沖地撇撇嘴：「又來了個臭書生……」

「……」趙佶鬱悶地看了沈傲一眼。

沈傲苦笑搖搖頭：「走吧。」

第一一八章
CSI犯罪現場

沈傲臉色一沉，目光咄咄逼人地看著劉慧敏道：

「劉慧敏，我問你，你將酒具藏在哪了？」

這一句話如晴天霹靂，驚得劉慧敏大驚失色。驚了半晌後，才鎮定地道：

「沈公子這話是什麼意思？小的是冤枉的啊。」

一行人上了酒樓的頂樓，這裏沒有廂房，是一片空曠的空地，在正東向西的方向，牆上則是懸著一幅威風凜凜，帶著猙獰面具的畫像，畫像之下是一個供桌，供桌上香氣彌漫，燭光跳躍。

狄桑兒道：「這裏平時是不許別人進來的，外頭上了鎖，酒具被竊的時候，鎖已被人撬了。」

沈傲頷首點頭，打量了這供桌上一眼，供桌上不但有香燭，還有不少的酒具，其中幾個漆製酒具引起了沈傲的注意，他踱步過去，拿起這些酒具左右翻看。

一旁的狄桑兒道：「我爺爺生前好飲酒，因而那酒具便擺在這供桌上，你看，這裏還有不少模樣差不多的漆製酒具，不過這些都是贗品，只有那件真品被人盜了。」

沈傲笑了笑，這幾個漆製酒具確實是仿漢宮的贗品，不過有一個訊息倒是很有用，這幾件贗品和那件被竊的酒具樣子差不多，這地上也沒有另外點蠟燭的痕跡，因爲點了蠟燭，難免有燭油滴在地上凝固，那麼可以肯定，這個竊賊是根據供桌上的香燭來分辨酒具的。

可以想像，竊賊夜裏來盜竊，只借著昏暗的燈光，在眾多的贗品之中，一下子就選擇了那件價值連城的珍寶，那麼，這個賊一定是個讀書人，而且酷愛書法，對王羲之的字非常瞭解，否則這些漆製酒具上也都寫了「君幸酒」的銘文，若是個目不識丁的人，是絕不可能一眼認出王羲之真跡的。

找到了第一個線索，沈傲向狄桑兒道：「這四人之中，有哪些是目不識丁沒有讀過書的？」

沈傲這一問，狄桑兒想了想才道：「好像就是曾盼兒讀過書，他還洋洋自得呢，有時安叔叔有事，也是他來記賬的，安叔叔說他的書法不錯。」

沈傲與趙佶對望一眼，趙佶方才聽沈傲這一問，心裏便明白了因由，忍不住道：「這個竊賊，八成就是曾盼兒。」

沈傲道：「安燕也會行書寫字，他的嫌疑也不能排除，不過至少可以肯定，另外兩個夥計目不識丁，要從這麼多贗品中尋出那件王羲之真跡的酒具來，並不容易，所以，我們現在可以把主要精力放在安燕和曾盼兒身上。」

狄桑兒聽沈傲說得頗有道理，忍不住抗議道：「我都說了，竊賊一定不是安叔叔，安叔叔的爹是我爺爺的家將，父子二人對我們狄家忠心耿耿，他若真是貪財，根本不必去偷。」

趙佶頷首點頭道：「不錯，我們現在可以把主要的精力放在曾盼兒身上。」

就是一直緘默其口的楊戩也說話了：「曾盼兒是讀書人，會甘心在這酒樓打雜？這豈不就是最大的疑點？依我看，此人確實有點兒名堂。」

沈傲笑道：「先不急，先將那三個夥計全部叫來，我來問問再說。」

狄桑兒有點兒沉不住氣：「就是那曾盼兒，準沒有錯的，他是安叔叔撿來的，據說也是個趕考的書生，到了京城，盤纏用光了，凍在雪地裏，差點兒死了。我安叔叔將他撿回來，他說要報恩，才肯在我家酒樓裏做事。這些臭書生沒一個好的，滿肚子的花花腸子，他見財起意，又不願久居人下，所以趁機將酒具偷了。」

沈傲對曾盼兒也很是懷疑，只不過在沒有問清楚之前，不想太過武斷，板著臉道：「狄小姐，到底是你在尋回那酒具還是我？」

狄桑兒正要和沈傲抗爭，可是看到沈傲臉色不好，便想起沈傲的厲害，臉蛋兒羞赧地道：「好，我去叫他們來。」

沈傲和趙佶、楊戩先進了一處廂房等候，過不多時，王凱先進來，沈傲問他酒具被竊的那一日去了哪裡？

王凱淡然道：「那一日，安賬房和小姐買下了酒具，待沈公子走後，我便回房睡了，這一點劉慧敏可以證明。對了，我和另一個夥計住在同屋，若是我半夜醒來，那夥計一定會有知覺的。」

沈傲又問他夜裏聽到了什麼動靜，王凱搖頭，道：「白日做活累得很，一到床榻上便睡了，第二日清早醒來，才聽人說酒具被盜的事。」

沈傲點點頭，將王凱留下，又叫劉慧敏進來，劉慧敏是個顯得有些拘謹的年輕人，不安地坐在沈傲的對面，沈傲問他那一夜在做什麼，劉慧敏道：

「我是負責清掃酒樓的，當時客人們都散了，整個酒樓一片狼藉，清掃之後，才去睡下。」

沈傲問：「只是清掃大堂？」

劉慧敏道：「回公子的話，還有五樓的供堂，按照安賬房的意思，每到夜裏臨睡時，都要給武襄公的供堂清掃一下，對了，這是供堂的鑰匙，是安賬房給我的。」

劉慧敏果然掏出一柄鑰匙出來，沈傲接過去左右看了看，頷首道：「這麼說你接近過那酒具？」

劉慧敏額頭上滲出冷汗，道：「是……是……」

沈傲便又問他：「那麼你臨走時，那件酒具還在那裏嗎？」

劉慧敏想了想，搖頭道：「供臺上擺了許多酒具，小的平時也不太注意。」

沈傲問他：「你說你什麼時候睡的，誰可以證明？」

劉慧敏想了想，道：「應當是一更天，那時候恰好街上有更夫路過，因而小的記得很清楚。對了，我回房睡的時候，正好蹚到了曾盼兒，曾盼兒說他要去解手，還問我是否打掃完了。」

沈傲與趙佶又對視一眼，趙佶的眼眸中有一種尋出真相的激動，低聲對沈傲道：

「沈兄，依我看，那曾盼兒的嫌疑最大，他非但有能力從酒具中辨出真品，而且昨天夜裏又突然醒來，只怕是正打算行竊，恰好撞到了這劉慧敏，因而故意說是去解手的。」

沈傲頷首道：「不錯，王凱的嫌疑暫時可以排除，他睡得早，而且又有同屋的人證明。至於這劉慧敏，他也不是讀書人，要察覺真品的難度太大，而且他身上帶著供堂的鑰匙，若他有鑰匙，爲什麼要撬鎖進去？」

趙佶振奮精神道：「那將曾盼兒叫進來，我們好好審問他。」

他是天子，雖是換了常服，可是那不容置疑的口吻仍然頗有君臨天下的氣概。

曾盼兒很快被叫了來，他一進這廂房，見許多人一副審問的架勢，臉色頓時變得鐵青，沈傲先教他坐下，還未等沈傲開口，曾盼兒便道：

「公子可是爲了酒具失竊而來的？」

沈傲點點頭。

曾盼兒苦笑道：「是不是懷疑我是那竊賊？」

趙佶板著臉道：「你是不是竊賊，待問了便知道。我問你，你在失竊那一夜是什麼時候睡下的？」

曾盼兒猶豫了片刻，道：「送走沈公子，酒樓關門之後便睡了。」

沈傲問他：「那你半夜可曾起來嗎？」

曾盼兒遲疑道：「這些我也不記得了，好像沒有。」

劉慧敏怒道：「曾盼兒，你明明在一更天時醒來過一回，你還問我是否打掃乾淨了，說要去解手。」

曾盼兒愣了愣，似在回憶，又好像是做賊心虛，道：「這……這些我也不太記得了。」

趙佶冷笑一聲：「你還在裝糊塗，那酒具就是你偷的，你識文斷字，能夠認出王右軍的真跡，半夜醒來，卻故意想矇混過關，欺瞞我們，快說，那酒具在哪裡？」

趙佶之所以如此熱心，一是想看看那王右軍的墨寶，另一方面，他第一次出來審案，這才發現審案的魅力之處，覺得很有意思，整個人完全沉迷進去，只覺得這一趟出宮不虛此行，眼看就要尋到真凶，他的心情頗爲激動。

曾盼兒面如土色，道：「學……學生是讀書人，豈會做苟且之事……學生……學生……」他抬起眸，想要辯解，臉色很難看。

這時狄桑兒恰好進來，早已聽到了裏面的話，怒氣沖沖地道：「看來不動刑，你是不會開口了。」

沈傲心裏想，媽呀，動刑？丫頭，這裏是私宅啊，你這是濫用私刑，皇帝眼睜睜地看著呢。

誰知一旁的趙佶一拍大腿：「對，動刑，這般的狡詐之徒，不動刑，他是不會招的！」

沈傲無語，連忙道：「動刑的事還是先放一放，他畢竟是讀書人，刑不上大夫嘛。」

狄桑兒叉手道：「這是什麼話？小奶奶我打的臭書生，沒有一百也有幾十，莫說是他一個臭書生，便是來十個八個，小奶奶我也動的。」

趙佶再次一拍大腿，正要附和，可是一想，不對啊，這小姑娘說話有點不對勁，連忙正襟危坐，再不好和狄桑兒一個鼻孔出氣了。

曾盼兒道：「學生冤枉啊，學生是讀書人……請公子明察，學生是秀才，有名的，怎麼會做這等自毀前程的事……」

沈傲生怕狄桑兒當真動手，連忙道：「這樣吧，你好好反省反省，什麼時候想通了，再來見我。不過，我只給你六個時辰的期限，酒樓打了更，我就保不住你了。」便道：「你回自己的房間反省吧。」想了想，又對劉慧敏道：「周兄弟，你去看住他，若是他敢潛逃，就立即叫人。」

劉慧敏連忙道：「公子吩咐，小的哪敢不遵，公子放心便是，他跑不了。」

劉慧敏是個粗人，勁大，竟是一下子提起了曾盼兒的後襟，將他提拉著出去，曾盼兒只是哭，不斷地說：「我是讀書人，讀書人啊……」

待劉慧敏提著曾盼兒走了，狄桑兒興沖沖地道：「依我看，今日他的同鄉來找他，說不定曾盼兒已將酒具轉遞給了他的同鄉，若是這樣，我們該怎麼辦？」

沈傲搖頭：「應當不會，竊賊不會這麼明目張膽，他既然待在這裏，說明他一定是個細心之人，自認為自己做得天衣無縫，怎麼會授人以柄，若是被人看見，或是看出端倪，可不是好玩的。」

「哼！」狄桑兒不服氣地冷哼一聲，總覺得沈傲處處針對她，滿心不悅。

趙佶哈哈一笑，搖著扇子道：「原來審案這樣的好玩，沈傲，你的觀察很仔細，想不到你不但精通琴棋書畫，連審案的才能也有。」

趙佶的眼眸中不由地掠過一絲欣賞之色。

趙佶其實是個很自負的人，他琴棋書畫樣樣精通，蹴鞠、鬥雞這些玩意的水準也不弱，可以算是歷史上少有的才子皇帝，只是遇到沈傲，卻讓他不得不佩服。

沈傲板著臉道：「狄小姐，快去給我們上酒菜來，我們為你審案耽誤了這麼久，你就不要犒勞一下我們嗎？」

狄小姐這一回倒是沒有反對，便出去吩咐店夥準備酒菜。

沈傲與趙佶坐下，楊戩仍然站著，沈傲便道：「楊……楊先生站著做什麼，來，坐下大家一起喝酒。」

楊戩訕訕一笑，正要拒絕，趙佶便道：「沈傲是你的未來女婿，豈能讓他坐著喝酒，你在旁陪侍的道理？往後沒有外人的時候，在朕和沈傲的面前，你不必拘謹。」

楊戩便坐下，待酒菜上來，狄桑兒也來了，大喇喇地坐下，親自斟酒，很是豪爽地道：「本姑娘最討厭讀書人，不過這次看在那酒具的份上，就陪大家喝上幾杯，來，我先乾爲敬。」

她頗有幾分花木蘭的風采，纖手提起酒杯，一口飲酒，擦拭了紅唇邊的酒漬，意猶未盡，又道：「我已先敬了，你們爲何不喝？你們不喝，我要生氣的。」

她這句話不敢對沈傲說，卻是捏著拳頭咯咯響的對著趙佶和楊戩說的。

趙佶和楊戩嚇了一跳，連忙端起酒杯：「喝，喝……」

幾杯下肚，沈傲才知道狄桑兒的酒量好得很，隨即一想又釋然了，人家是開酒樓的，若是連酒量都不行，還能在酒樓界混嗎？

桑兒姑娘喝酒夠豪邁，惹得在場的三人紛紛有些不滿，除了楊戩之外，沈傲和趙佶都是男人，堂堂男子漢，豈能在女人面前落了下風，便都一個個來了捨命陪君子的架勢。

這頓酒一直喝了一個多時辰，酒酣耳熱之際，外頭卻傳出一聲驚叫，過了片刻，劉慧敏面如土色地衝進來，喘著粗氣地道：

「不……不好了，曾盼兒畏罪自殺啦……」

這一句話，猶如晴天霹靂，沈傲豁然而起，將酒杯放下，道：「自殺了？快帶我們去看。」

入仙酒樓的一個廂房裏，房梁上吊著一根草繩，方才還在哭告的曾盼兒吊在半空中，模樣說不出的恐怖。

沈傲等人推門進去一看，狄桑兒頓時嚇得魂不附體，連忙躲了出去。

「快，把他放下來！」沈傲抱住曾盼兒的腳，劉慧敏也過來幫忙，將曾盼兒放下，沈傲檢查了曾盼兒脖下的勒痕，又查了脈搏，知道曾盼兒已是死透了，搖搖頭，黯然起身。

待出了屋子，趙佶搖頭道：「曾盼兒畏罪自殺，如此一來，要尋回那酒具只怕再無希望了，哎，早知如此，當時就該逼問。」

沈傲不置可否，將劉慧敏叫來問道：「他是什麼時候自殺的？不是叫你看住他嗎？」

劉慧敏苦笑道：「小的將曾盼兒押回房中去，曾盼兒說想一個人想想，我便在門口守著，這是在四樓，我原以爲只要守住這門口，他就是推窗也逃不掉的，誰知等了許久，我見裏頭沒有動靜，便敲門去問，後來將房門撞開，曾盼兒就已經死了。沈公子，是我疏忽大意，實在該死。」

沈傲想了想，道：「你先在這裏守著，我還有一件事得去辦。」

沈傲將受驚的狄桑兒叫來，對狄桑兒問道：「在五樓的供房裏，那些酒具祭祀時，一共用了幾種酒？」

狄桑兒愕然，隨即道：「只有一種，是最平常的花雕，我爺爺生前最好喝這種酒，所以祭祀時只用這種酒的。」

沈傲笑了笑，道：「是我一時疏忽，竟是害死了曾盼兒。」

狄桑兒聽不懂沈傲所說是什麼意思，問道：「你說什麼？」

沈傲轉過頭去，這一次臉色一沉，目光咄咄逼人地看著劉慧敏，道：「劉慧敏，我問你，你將酒具藏在哪了？」

這一句話如晴天霹靂，驚得劉慧敏大驚失色，一旁的趙佶、楊戩、狄桑兒也都是一頭霧水。

劉慧敏驚了半晌後，才是鎮定地道：「沈公子這話是什麼意思？小的是冤枉的啊。」

趙佶在一旁道：「是啊，沈傲是不是猜錯了？這個劉慧敏大字不識，如何分辨出真假酒具？」

沈傲從容一笑，道：「既然劉慧敏忘了行竊的事，那麼不妨就讓學生來幫他回憶一下當時事發的經過吧。當時交易酒具時，你恰好在場，聽了那酒具價值三萬貫，你便起了心思，當日夜裏關了店門，安賬房親自領著你和狄小姐到了供房，給酒具封了一層蠟……」

「等等……」狄桑兒打斷道：「你怎麼知道安叔叔封了蠟？」

沈傲微微一笑：「因爲供桌上有蠟殼的痕跡，塗抹得很均勻，應當是用來保護酒具的。連那幾件贗品都封了蠟，那麼真品自然要更好地保護起來。」

狄桑兒頷首點頭，不得不佩服沈傲的細心觀察了。

沈傲繼續對劉慧敏道：「此後，安賬房叫你取酒來，你去了酒窖取了酒，只不過，這酒並不是武襄公生前愛喝的花雕，而是店裏的海棠酒，花雕和海棠的氣味相似，當時的安賬房因爲得了這酒具，心情十分激動，再加上有些疲倦，並沒有察覺。你之所以拿了海棠酒取代花雕，便是要做記號，因爲在你看來，供桌上的幾件贋品很難分別，可是若換了海棠酒，以你對酒的分辨能力，只需找到一個盛海棠酒的酒具就可以了，也根本不必去鑑定酒具的真僞。」

趙佶恍然大悟，不由自主地道：「原來如此，只是沈傲是如何得知的？」

沈傲呵呵一笑：「海棠酒和花雕，酒的氣味雖然差不多，不過仍有區別，在供桌上被我聞到了。」

不再理會趙佶，沈傲朝劉慧敏一笑，只是那笑沒有讓劉慧敏感覺到半點的善意。

沈傲繼續道：「當天夜裏，你清掃完了屋子，明明身上有供桌的鑰匙，卻故意去將鎖撬開，再將酒具竊走，這是因爲你要故意佈出一個假象，因爲別人會想，你既然有鑰匙，爲什麼還要撬鎖這麼麻煩？真正精彩的在後面，等我來尋問你時，你故意將曾盼兒牽扯進來，因爲你知道，當時在屋裏聽到我分析酒具價值的夥計只有三個，王凱與人同睡一個屋子，很容易就可以找到證人洗清自己，唯有曾盼兒孤身獨處，最容易栽贓。所以你故意說夜裏見到曾盼兒出來起夜，而曾盼兒聽了，卻一時分辨不清，因爲你一口咬定，讓他生出了錯覺，畢竟人在清醒的時候，很難回想到睡夢中的事，故而曾盼兒以爲自己真的起夜過，只是第二日記不清了而已。所以他才一開始時否認，可是到了後來，卻又矢口否認說或許起來了也不一定。他的改口，恰好將我們的注意力轉移到了他身上。」

沈傲頓了一下，才又道：「既是懷疑了曾盼兒，我叫你去看住他，你心懷鬼胎，心知早晚曾盼兒的事會調查清楚，況且曾盼兒若是交不出酒具來，這件事就一定會追查到底，所以你乾脆將心一橫，將曾盼兒殺害，再做出讓他上吊的姿勢，汙蔑曾盼兒畏罪自殺，如此一來，曾盼兒的線索一斷，所有人都只會認爲曾盼兒已死，酒具的下落再也沒有人知道。」

沈傲這個故事，說得有鼻子有眼，狄桑兒和趙佶、楊戩三人俱都吃了一驚，既覺得有些荒誕，又覺得這個故事似乎能將所有的事解釋通了。

劉慧敏的眼眸中閃過一絲驚色，隨即大笑道：「哈哈……沈公子的故事很好聽，只可惜，這完全是你的猜測。」

沈傲搖了搖頭，正色道：「這不是猜測，因爲事情的真相，曾盼兒已經告訴我了。」

曾盼兒……劉慧敏嚇得面如土色，左右張望了一眼，還道是那曾盼兒的鬼魂來了，勉強地鎮定道：「哼，你胡說八道！這裏哪有曾盼兒的鬼魂。」

沈傲微微一笑，道：「因爲我知道，曾盼兒是謀殺的，他雖是窒息而死，卻沒有上吊死亡的跡象，因爲上吊死亡的人首先是大腦死亡，隨後支配舌體肌肉的控制中樞也就失去控制了。此時舌體內的肌肉表現為軟弱的鬆弛狀態。加之頜部受勒，口腔張開，舌頭自然而然地會滑出體外，所以這便是為什麼上吊鬼往往是伸著長舌頭的。

「方才大家也看到了，曾盼兒雖被吊在梁上，卻並沒有伸出舌頭，顯然是因為他先被你窒息而死，隨即你將他懸在房梁上才向我們報的信。哎，可惜，可惜，原本是一個天衣無縫的計劃，還是百密一疏，劉慧敏，你竊寶在先，殺人在後，還想抵賴嗎？」

沈傲的分析，有著很高的說服力，就算是不告他竊寶，單這謀殺的事，劉慧敏也難以解釋清楚，因為方才劉慧敏自己說曾盼兒進了廂房，自己在門外守著，那麼就絕對沒有外人進去過，曾盼兒死於謀殺，除了劉慧敏之外，絕不會再有嫌疑人，就是送到官府，劉慧敏也足夠判一個斬監侯，是必死無疑的。

到了這個地步，劉慧敏眼珠子一轉，心知事情敗露，且沈傲有了確鑿證據，連忙返身，撒腿要逃。

「好啊，原來是你！」狄桑兒已怒不可遏，一個箭步衝過去，一把提起他的後領，那玉蔥蔥的手兒攥成拳頭，朝著他的後脊砸去。

狄桑兒的功夫確實不差，而劉慧敏沒有注意到身後的狄桑兒，狄桑兒那帶著衝擊的一拳下去，劉慧敏啊呀一聲，便癱倒在地，惶恐地看了狄桑兒一眼，連忙道：

「小奶奶，小奶奶饒命啊……那酒具被我藏起來了，小奶奶若是想尋回酒具，便當小的是個屁，放了我如何？」

這劉慧敏果然心機深沉，到了這個時候，還寄望於用酒具換自己的命。

沈傲冷笑：「你若只是行竊，還可放了你，可是殺人償命，曾盼兒的屍骨未寒，你還想逃出生天嗎？」

劉慧敏被狄桑兒一拳砸中，嘴角已溢出血來，強忍著痛，趴在地上道：「那麼，酒具你們就永遠尋不回來……就爲了給那曾盼兒報仇，便要失去價值連城的珍寶……哈哈……那我劉慧敏甘願一死。」

沈傲呵呵一笑：「只怕你的如意算盤料錯了，我不但要將你繩之於法，更能尋回酒具。桑兒，將他押起來，上五樓的供房。」

方才那一番分析，已讓三人對沈傲推崇備至，就是狄桑兒也不再和他嘔氣了，將劉慧敏提起，押著他上五樓。

到了供房，沈傲道：「桑兒在這裏看著這竊賊，我們在這裏仔細地搜。」說著，沈傲當先翻身下供桌去。

狄桑兒見狀，連忙叫道：「喂，這裏擺著我爺爺的靈位，你不要亂動……」

沈傲卻不理會她，會同趙佶、楊戩在房中搜索，一番細心地搜索下來，卻是一無所獲。

劉慧敏見他們毫無所獲，得意洋洋地哈哈笑道：「我說過，若是我不說，你永遠尋不到酒具。」

沈傲本就是不服輸的人，根據他的判斷，劉慧敏這樣精細的人，絕不可能將酒具竊回自己的房裏去，誰也不能保證寶物失竊之後會不會在他房中搜查。若是帶到外頭，以劉慧敏的小心，是絕不可能託付給人保管的，那麼唯一的可能只有一個，這寶物還在供房，藏在一個誰也不曾想到的地方，等風平浪靜之後，他再將這酒具取出，然後就能悄悄地將酒具轉售。

繼續搜！沈傲咬了咬牙，眼睛落在房梁上，「拿一個梯子來。」

最終，在房梁上，酒具被沈傲找到，劉慧敏面如死灰，如一灘泥一般毫無生氣，眼中儘是絕望之色。

將劉慧敏送去官府，他先是竊寶，之後是殺人，這兩項罪名足以讓他得到應有的懲罰。

此時，安燕也來了，沈傲呵呵一笑：「安先生並沒有受傷？」

其實這一點他早已預料到，當時在場的是八個人，除了那怪人和狄小姐，其實安燕也有嫌疑，之所以委託沈傲出來尋出寶物，安燕一來是不希望將此事鬧大，不願再多一人知道這件寶物，二來是爲了避嫌。因而故意僞裝受傷，便是希望讓沈傲看在他的薄面份上幫這個忙。

安燕笑了笑，有些尷尬地道：「有勞沈公子了，安某人早聞沈公子大名，沈公子果然沒教老朽失望。」

至於趙佶，則欣賞著王羲之的墨寶，如癡如醉。

待沈傲等人告辭出去，安燕親自將他們送出，天色已晚，沈傲與趙佶話別。

趙佶深望沈傲一眼道：「今日的事，朕會記在心上，你好好科舉吧。」

第一一九章
星星代表我的心

周若眼眸不自覺的望向窗外，這一看，便發現天上竟真有無數的光點在閃爍，那漫天的星光璀璨，像是撒滿在天穹上的碎鑽石，晶瑩透亮，璀璨無華。

「這樣的天氣，怎麼會有星星？」周若看得癡了。

沈傲回到國子監，心裏對曾盼兒的死頗有些自責，他原本是想故意先將罪名安在曾盼兒身上，讓真凶放鬆警惕，等真凶浮出水面。可是他無論如何也想不到劉慧敏竟敢殺人，心裏唏噓一番，心情也跌落到了谷底。

終試的榜單終於放了出來，沈傲去看了榜，第一名赫然是程輝，程輝畢竟是讀了一輩子的書，作了半輩子的經義文章，其水準可想而知，沈傲自認自己經義文章並不差，可是比起程輝來，只怕還差那麼一點點。

第二名是沈傲自己。這個成績，有些出乎他的意料之外，只學了一年的經義，能達到這個水準，已讓他十分知足了。

第三名是吳筆，吳筆是陪著沈傲一道來看榜的，看到自己名列第三，頓時驚呼一聲，又驚又喜。

至於第四則是徐魏，其實徐魏的水準，應當在吳筆之上，這是人所共知的事，許多太學生不由地為徐魏感到惋惜，其實只有沈傲才知道，這徐魏之所以馬失前蹄，全是因為自己的緣故，此人的好勝心太強，見到自己提前交卷，已是大亂方寸，方寸一亂，作出來的文章自然大打折扣。

其實這終考，也不過是個形式罷了，真正要看的還是科舉，科舉不再是兩個中央大學之間的競爭，那些通過了州試的才子紛紛雲集，哪一個都不是省油的燈，要想從中脫穎而出，每一步都艱難得很。

夏季炎炎，各大客棧已是客滿，進出城門的門洞，每天都有大量背著包袱或帶著書僮的考生進城，眼看科舉之期臨近，汴京城的文風，也漸漸的鼎盛起來，除此之外，最爲鼎盛的還有各大寺廟，求籤的，求神佛保佑的，觀賞遊玩的絡繹不絕。

爲此，邃雅山房特意推出了考生套餐，只要進邃雅山房任何一個茶肆喝茶，即可獲得點數，消費到了一定數量，即送經義範文一份。在這個時代，尤其對於一些外鄉的考生，更是可遇不可求，因而一連數天，三四家茶肆分店日夜爆滿，大賺一筆。

除此之外，《邃雅周刊》和詩冊也趁機推出秋闈特別版，比如《邃雅周刊》會在一些副版上印一些經義文章，或是一些論策。論策在科舉中雖然並不受重視，卻也必不可少，在一些末尾頁上，還有一些考試的技巧，譬如進入考場時，能帶什麼，不能帶什麼，又提出種種的建議，如考試時盡量少喝水，以免內急等等。

這些資訊，對於那些第一次參加科舉的考生彌足珍貴，一時之間，《邃雅周刊》的發行量大增，竟是足足增加了一倍以上。

等到朝廷下旨選好了考官，周刊立即抓住機會，忙不迭地推出考官專版，將主考官以及閱卷的考官的喜好、生平透露出來。

須知科舉並不只是考試這樣簡單，你的文章做得好不好，是由考官決定，而文章是沒有評判標準的，若是能得知考官的喜好，往往能有事半功倍的效果。

這個專版最受人歡迎，一日之間，便搶售一空。發行量飆升到了四萬份，雖然印刷作坊不斷擴大，卻也需要數日之前定稿，連續沒日沒夜地印刷幾天，才勉強應付下來。

這邃雅山房各項新銷售策略的幕後操縱者，自然就是沈傲，沈傲讀書之餘，也不忘賺錢的道理。對他來說，做官自是他現在最大的目標，可是一個人要想人格上真正獨立，做官的過程中不受人掣肘，那麼經濟上就必須獨立。

沈傲做人的原則，是在不傷害他人的情況下獲取自己的利益，若是教他做官去貪贓枉法，他是做不出的；可他也不是個不懂變通的人，比如上一次勒索遼國國使，反正是敲詐遼國人，心裏沒有負擔。不過他雖然有自己的原則，卻絕不會去學唐嚴，所以，邃雅山房的生意對於他來說十分重要。

如今邃雅山房的生意已經一再擴展，單分店就有五家之多，遍佈汴京城各繁華的街坊，除此之外，還有詩冊、周刊這兩個賺錢利器，一個月的利潤，已經超過了三千貫。沈傲決心趁著這個機會，將詩冊和周刊的影響力延伸到汴京之外去，這一次大量考生進汴京就是一個契機，畢竟這些讀書人，才是將來詩冊和周刊的消費主力。

因此，現在先做的，就是在詩冊和周刊上大做文章，令外地的考生對它們產生依賴，其實人的習慣一旦養成，就很難更改的，比如有的人已經習慣了清早去喝口茶，有的人清早喜歡去跑跑步，而沈傲的主意，就是讓外地考生們在汴京養成一個習慣，清早起來，先看一期的周刊或是詩集。

如此一番炒作，收入頗豐，沈傲欣喜之餘，便叫人打聽了曾盼兒的住址，叫人送了一千貫過去。

夏去秋來，瑟瑟秋風刮面而來，街道上落葉紛紛，別有一番風味，科舉已是越來越近，沈傲反倒不再看書了，在他看來，臨時抱佛腳是沒有用的，學問靠的還是平時的積累，因而趁著旬休，回了一趟周府。

夫人那邊先是將他叫去，今日佛堂裏，只有夫人一人，沈傲陪著她說了會兒話。

夫人突然道：「你和若兒之間，是不是有私情？」

這一句話將沈傲嚇了一跳。他猶豫了片刻，道：「姨母何出此言？」

夫人嘆了口氣：「自你訂了親，她這些日子以來總是心神不寧，時常坐著發呆，身子也消瘦了不少，我也是女兒家出來的，豈會不知她的心思，只是不知你是怎麼想的？」

話說到這個份上，沈傲若是再言辭閃爍，就未免有些沒擔當了，想了想，認真且誠懇地道：「對表妹，我其實也很喜歡的。」

夫人深望了沈傲一眼，道了一句：「這真是叫我為難了，其實門當戶對，我是不看重的，我已認你為親，因而也很喜歡你，若是你真心對若兒好，我也沒有什麼話說，只不過，周家畢竟是大戶，你已連續訂了三門親事……」

沈傲抿了抿嘴道：「我明白。」他一時不知是該爭取還是該退卻，總是覺得不該令姨母為難，可是現在不為難，將來為難的只怕就不止是姨母了，心裏對自己道：「沈傲，你要是男人，就把心裏的話都說出來，你可以騙人騙己，但騙得過一世嗎？」

他咬了咬牙，道：「姨母，我願娶若兒為妻子，請姨母成全。」

夫人想不到沈傲竟如此開門見山，一時愕然，喃喃道：「許配若兒給你，這……我還要想想，還要與你姨父商量商量，這……」

她雖早有了心理準備，此時聽了沈傲的話，還是心亂如麻起來。

恰在這個時候，周恆穿著一身禁軍衣衫，戴著范陽帽進來，顯然方才那一番話，恰好被這周大少爺聽見，周大少爺一時也是懵了，摘下范陽帽，看了沈傲一眼：

「表哥要做我的姐夫？這……」他盤膝坐在蒲團上，這幾日他黑了不少，也清瘦了一些，精神卻比從前好得多，頷下生出了一小撮短鬚，增添了幾分成熟，道：「表哥，你當真是喜歡家姐？」

其實表兄妹結婚，在這個時代是常有的事，門第之見於夫人和周大少爺是沒有的，畢竟沈傲的能力已經證明了他的厲害，更是獲取了周家上下的認同，最大的關鍵，還是在沈傲連訂三門親事的事上，周若嫁給了沈傲，豈不是要去做妾了？就算是明媒正娶，說是平妻，可是如此多的妻子，也教人難以接受。

古時流行的是妻妾制度，而不是多妻制，男人納妾是很平常的事，可都是妻，卻較難讓人認同，尤其是周家這般的大戶。

沈傲開誠布公，教周家措手不及，夫人和周恆都是爲難，也一時難以抉擇，這位周大少爺若是換了其他事，自然是無條件支持沈傲的，他與沈傲雖不是親兄弟，卻勝似兄弟，這些時日，二人一個在殿前司公幹，一個在國子監讀書，相處的時間少了些，可是這份兄弟之情卻沒有丟下。

只不過沈傲要娶周若，要做他的姐夫，卻令他一時也不敢作出決定了，只是覺得姐姐嫁了表哥也不錯，可是表哥妻子太多，自己不能輕易支持。

夫人抬眸，對一旁的香兒道：「香兒，去把小姐請來。」

過不多時，周若盈盈進來。這幾日她消瘦了不少，她臉上似笑非笑，嘴角邊帶著一絲幽怨。她今日穿著一件綠衫兒，長裙及地，這時夕陽正將下山，淡淡的昏黃陽光透過窗格灑落進佛堂，照在她的臉上，讓她的膚色更顯白皙，猶如一朵素色的梅花，亭亭傲立。

她見了沈傲，目光中沒有表情，只是小心翼翼的依偎著夫人坐下，低聲道：「娘喚我來做什麼？」

夫人握住她的手，似是想準備言辭，還未出口，周恆便道：「姐姐，沈傲來這兒提親了。」

周若先是一愣，隨即臉上抹過一絲羞色，更不敢去看沈傲，隨即沉眉道：「是嗎？沈公子艷福無邊，想不到還不滿足？」

這一句話，諷刺意味十足，令沈傲老臉一紅，卻不知該如何應對。他心裏明白，周若是個極好強的女子，有很強的自尊心，要她點這個頭，只怕並不容易。

夫人道：「若兒，這裏沒有外人，你便直說了吧，你父親那邊雖然還沒有同意，若是你點了頭，為娘的儘量為你去爭取。」

周若淡然道：「娘就不必為我擔心了，我才不稀罕嫁他，若他真的想娶我，除非今夜汴京城裏遍佈星辰。」

這幾日雲厚得很，秋風正爽，眼看就要下雨了，連著幾天都沒有星星出來，這一句，便是教沈傲不要妄想的意思。周若雖是拒絕的堅決，可是話一及出，心裏卻酸酸的，總是覺得沈傲既討厭卻又令她生出些許情愫，尤其是聽到沈傲訂親的消息，這些日子來她總是輾轉難眠，有時恨不得再不要見他，可是見了他，心裏又亂糟糟的。

她眼眸中生出幾點淚花，卻是很堅強的道：「否則，女兒寧願不嫁，陪母親一生一世，也絕不嫁他。」

夫人不由將她的手握緊，嘆道：「傻孩子……」卻也無詞了。

周恆從窗外去看了看天色，忍不住道：「這樣的天氣，哪裡會有星星。」嘆了口氣，爲沈傲有些可惜。

沈傲對夫人道：「既然如此，那麼學生告辭了。」

夫人見沈傲要走，忍不住道：「怎麼？沈傲生氣了嗎？既做不成夫妻，就是做個兄妹也是好的，你們要和和睦睦……」

沈傲苦笑打斷道：「我去做星星去。」說罷，急匆匆的走了。

做星星？周恆一拍大腿：「我也去！」取了范陽帽，急急的追上去。

從馬房裏牽過了馬，周恆在一旁問：「表哥，你要怎麼做星星？」

沈傲深吸了口氣：「時間來不及了，我們先去邃雅山房找吳三兒，叫他多找幾個人手，表弟，你願意不願意我做你姐夫？」

周恆撓撓頭，遲疑道：「我倒是願意，不過，你的妻弟太多了些。」

沈傲無語，這傢伙居然也學會說暗語了，笑道：「就算是我做了你姐夫，妻弟也只有你一個，春兒他們都沒有弟弟的。」

二人翻身上馬，一道兒到了邃雅山房。此時天色已經有些黑了，沈傲尋了一個夥計問：「吳掌櫃在哪裡？」

過不多時，吳三兒急促促的過來，倒是那春兒，從二樓探頭探腦的往下面看，見了沈傲，立即又回避躲起來，生怕壞了習俗。

吳三兒道：「沈大哥，發生了什麼事，你的臉色有些不太好。」

沈傲道：「去，把所有的人手都召集起來，我教大家幫個忙，還有，你去幫我採買些東西。」說著去尋了紙筆，在紙上寫了：「宣紙、剪刀、棉線……」等常用物，對吳三兒道：「有多少買多少來。」隨即又向周恆道：「表弟，我急需要一樣東西，請你幫幫忙。」

周恆拍著胸脯道：「表哥直說就是。」

沈傲道：「殿前司裏儲備了猛火油嗎？」

猛火油就是石油，此時到了北宋，猛火油就早已開始使用了，只不過由於猛火油易燃，因而在民間使用的不多，反倒是軍隊裏使用的較爲廣泛。當年南唐主李煜面臨宋軍進攻金陵的危機，其神衛軍都虞侯朱全貸就曾用猛火油縱火攻宋軍，由於風向改變，火焰反燃己軍而大潰。

到了北宋中期，宋軍對猛火油運用更爲成熟。當時在京城設立了軍器監，是專門製造武器的機構，下設十一個工廠，其中就有猛火油的作坊，專門製造噴射猛火油的裝置。

所以沈傲料定，殿前司一定有專門的猛火油儲存倉庫，周恆在殿前司吃得開，大小的軍官都和他熟識，去弄點猛火油來並不難。

周恆想了想道：「有是有，不過，要到府庫司那邊去拿，那裏離邃雅山房倒是遠得很，就是騎馬，也要一個時辰才能來回。」

猛火油特別易燃，因此儲存極爲小心，爲了以防萬一，一般都是儲藏在離鬧市較遠的地方，這一點，沈傲早已想到，便道：「你去拿一些來，只要一桶就成了。」

周恆點了點頭，立即去了。

這時，陸之章聽到樓下的動靜，下樓來看。看到沈傲，驚喜的道：「表哥怎麼來了？」說著要拉沈傲去給他審稿，沈傲反手將他拉住：「今夜不審稿，事關你表哥的幸福，你也留下來，等會兒幫我做事。」

陸之章啊呀一聲，道：「可是明日印刷作坊那邊還等著我的稿子呢。」見沈傲目光一瞪，立即道：「好吧，大不了我今夜不睡。」

等吳三兒將所有的東西採買齊了，邃雅山房裏幾十個夥計、賬房都圍攏過來，沈傲一步步的教他們如何製作自己所要的東西，便叫大家一起做。說著，又叫了廚子去做些飯菜，不能讓大家白忙活，等會兒要犒勞一下。

周若的閨房不小，三間房子不曾隔斷。當中放著一張梨花大理石書案，案上堆放著各種名人法帖及數十方寶硯。各色筆筒筆海內插的筆如樹林一般。平時周若悶了，也會作些書畫，只不過，她自知自己的書畫不好，因而也沒有宣傳出去。

自遇到了沈傲，她對書畫更是勤快了，周若是好強的女子，最見不得沈傲如此神氣，總是想殺一殺他的威風，可是這書畫不管怎麼練，比起沈傲來還是差得極遠，令她有些灰心。

靠著牆角，是一方几，几上擺著斗大的一個汝窯花囊，插著滿滿的一囊水晶的白菊花。西牆當中掛著一大幅米襄陽煙雨圖，又懸著一方古琴，這古琴許久沒有用了，卻被清理的一塵不染。

對著床榻的是梳妝台，台上擱著菱花銅鏡，還有梳篦、胭脂等物。倚著窗，望著天外的漆黑蒼穹，周若心裏甚是酸楚，抿了抿薄唇，低聲呢喃道：「今日是不會有星辰了。」

身後一個脆生生的丫頭叫碧兒，是周若的貼身丫頭，周若的心事，她是最清楚不過的，笑嘻嘻的道：「小姐，表少爺都厚著臉皮求親了，你既是真喜歡他，卻爲什麼要拒絕，還說要天上有星星，這樣的天裏哪裡會有星星?!」

碧兒不禁爲周若惋惜，其實她對沈傲是很有好感的，表少爺在府裏很有人緣，爲人也很好，見了人都是一張笑臉，就是對下人，有時也會開開玩笑送些小禮物。再說，表少爺是狀元，又做了官，將來據說還要科舉再考個狀元回來，前程不可限量。

一個男兒又英俊，又文采無雙，這樣的好姑爺，到哪兒找去?碧兒便在周若面前說起沈傲的多般好處，什麼英俊瀟灑，什麼學識過人，什麼爲人和氣。

周若板著臉道：「死丫頭，就你會胡說，他這般好，你爲什麼不嫁他?」

碧兒咂了咂舌，低聲道：「他若是要娶我，我一定嫁。」

周若聽了，又好氣又好笑，心裏又湧上一股莫名的酸楚，以她的倔強，怎麼可能會點這個頭，這次說出這種重話，只怕她與沈傲今生再無緣分了。不自覺的眼眶裏有點兒濕潤，她忙將方巾擦了擦眼角，道：「燈熄好，睡覺!」

碧兒道：「小姐要不要再等等，或許到了後半夜，天上真有了星星也不一定的，從前我小的時候，在草垛裏和我哥哥看星星，等啊等，總是不見來，我就哭了，迷迷糊糊的到了後半夜，我哥哥卻將我叫醒，我一看，天上的星星就來了……」

她絮絮叨叨的說了許多話，叫周若又好氣又好笑。

這個時候，碧兒的眼眸落在窗外，突然又驚又喜地道：「星星，星星……」

周若嬌斥道：「不要胡說。」眼眸不自覺的望向窗外，這一看，便發現天上竟真有無數的光點在閃爍，那漫天的星光璀璨，像是撒滿在天穹上的碎鑽石，晶瑩透亮，璀璨無華。

「這樣的天氣，怎麼會有星星？」周若看得癡了，一時間木木的站著，眼眸透過窗格望著天穹，手裏的巾帕拿捏不住，無聲的飄落下去。

「家姐……家姐……」周恆的聲音從老遠傳過來，過了一會兒，從窗戶上露出周恆的臉，周恆笑呵呵的道：「家姐，你看，星星，表哥帶星星來了……」

他這冒冒失失的一下，將周若拉回神來，嚇了一跳，雖是弟弟，卻哪有這樣冒失翻人家窗戶的，若是自己在睡覺或是更衣，周若心裏不知該是什麼滋味，氣呼呼的道：「你胡鬧什麼，快走。」

周恆訕訕的笑：「是啊，是啊，不過不是我來胡鬧，沈傲，沈傲，你快爬上來，喂，小心摔著了……」

沈傲？周若又羞又怒，她的閨房在閣樓的二層，這寶貝弟弟爬到窗臺上來倒也罷了，原來那壞傢伙也來了。隨即又有些害怕，這三更半夜的，兩個冒失鬼爬人家小姐的窗臺，若是真摔著了，這可不妙，因此又不敢說重話，生怕嚇得他們有什麼閃失，心裏又覺得咽不下去。

正在這個時候，又一個腦袋冒出來，一張熟悉的臉兒露出周若難忘的笑容，喜滋滋的道：「表妹，星星來了。」隨即咳嗽一聲：「星辰漫天，秋風正爽，值此佳時，學生忍不住要放聲高歌，這首歌的名字叫『星星代表我的心』。」

好古怪的名字，在這裏唱歌，還不知道會引來多少人，周若連忙道：「不許唱！」

「啊？不許唱？」沈傲很傷心：「可是不唱，表妹就不知道學生的心意啊，所以一定要唱，要讓表妹知道我的真心實意。」

周恆不耐煩的攀著窗臺朝沈傲這邊擠了擠道：「表哥，還等什麼，要唱快唱。」

周若快要羞死了，真讓這傢伙唱出來，天知道會引起什麼後果，這傢伙沒臉沒皮的，還真不好對付，連忙道：「不，不用唱了，我知道你的心意了，行嗎？」

周若滿是羞怯，沈傲心裏大叫不妙，當著這麼多人，表妹的自尊心又強，得先把人趕走再說，笑吟吟的朝趴在一邊傻樂的周恆道：

「表弟，你帶碧兒去涼亭那裏看看星星好不好？」

周恆大叫道：「不去，碧兒不是我喜歡的那盤菜。」

「咦，這句話有點耳熟，這不是本公子的名言嗎？」沈傲心裏腹誹了周恆一番。

碧兒見周恆胡說八道，啐了一口：「誰稀罕和你去看星星。」

周恆正要和這小丫頭好好理論理論，卻看到沈傲歪頭過來朝他眨眼睛，明白了，連連點頭道：「好啊，好啊，碧兒，我們去看星星，我在樓下等你。」非常倜儻的要攀下窗臺去，做了個極爲瀟灑的動作，啪的一聲，卻不知絆到了什麼，隨即轟隆隆的滾下樓。

好在這二樓也不過兩三米高，雖是摔下去疼痛難忍，卻並無大礙，哎喲一聲，形象卻是大損。

碧兒也是個機靈人，笑吟吟的對周若道：「小姐，我去看星星了，嘻嘻，你和沈公子在閣臺上看，我陪著少爺到涼亭去。」碎步小跑著走了，生怕周若將她叫住。

有了周恆方才的「不小心」，周若擔心沈傲摔下去，便道：「快進來，趴在這裏做什麼？」

沈傲正色道：「先不急，表哥要考考你，你方才說你明白表哥的心意，那我問你，表哥的心意是什麼？」

周若知道沈傲在打什麼主意，佯怒道：「你可莫要得寸進尺。」

沈傲嘻嘻哈哈的道：「表妹，如此良辰美景，我又想唱歌了，唱什麼呢？好，就來一首『周府有我的愛』吧……」

周若恨不得將這厚臉皮的傢伙推下去，見他張大口，一副要吊起嗓子的架勢，又羞又急，深更半夜，這傢伙是真的敢唱出歌來的，什麼周府有他的愛，教人聽了，自己還要做人嗎？連忙軟語道：「你……你胡說什麼，好，我說。」

她跺跺腳，似是穿過沈傲去看那漫天的星辰，星辰在半空閃耀，彷彿會移動一般，在半空中盤旋飛舞。

周若啓口道：「我知道表哥喜歡若兒，行了嗎？」

沈傲滿足了，從窗外頭翻進來，與周若相對，不再嘻嘻哈哈，很認真的道：「表妹，你知道我爲什麼從前甘心在這裏做書僮嗎？」

周若強作鎮定的小退一步，道：「莫不是說爲了我嗎？」

這種下三濫的情話對別人或許有效，對周若卻是一點效果都沒有，沈傲道：「是爲了我自己。」

周若想不到沈傲說出這個答案，沈傲繼續道：

「因爲我見了一個不可方物的美人兒，那個美人兒清冷又高傲，有一雙皓膚如玉的纖手，映著綠波，便如透明一般烏黑的頭髮，挽了個公主髻，髻上簪著一支珠花的簪子，上面垂著流蘇，她說話時，流蘇就搖搖曳曳的。她有白白淨淨的臉龐，柔柔細細的肌膚。雙眉修長如畫，雙眸閃爍如星。小小的鼻梁下有張小小的嘴，嘴唇薄薄的，嘴角微向上彎……如此脫俗，簡直不帶一絲一毫人間煙火味。她穿著件白底綃花的衫子，白色百褶裙，坐在那兒，端莊高貴，文靜優雅。那麼純純的，嫩嫩的，像一朵含苞的出水芙蓉，纖塵不染……」

沈傲口中的這個美人兒，自然是周若了，周若不由屏息，心跳加快起來，女爲悅己者容，沈傲這番話像是在訴說，卻更有感染力，心裏想：「想不到這傢伙平時這麼壞，卻是這樣看我的。」如此一想，心情便不由愉悅了幾分，卻是板著臉故意道：「不要說了，你再說下去，那我……就要變成妖精了。」

沈傲呵呵一笑，突然攬住周若的細腰，嚇得周若嚶聲低呼，還未開始掙扎，便看到沈傲清澈的眼眸死死盯著自己，用不可置疑的口吻道：「表哥就喜歡妖精，小妖精，嫁給我吧。」

周若暈乎乎的，從沈傲的眼眸中，閃過一絲真摯，她遲疑了片刻，似還在猶豫，低聲呢喃道：「你先放開我好嗎？」

沈傲道：「不放，表妹不點頭，我非但不放，還要再唱一首歌，叫『傷心汴京城』。」

周若臉上飛起一片紅霞，嗔怒道：「你這是逼人就範，我才不上你這個當。」

「那我真唱了。」周若顯然低估了沈傲的厚顏無恥，沈傲張開嗓子，已發出第一個音。

周若連忙用手捂住他，突而笑道：「罷了，算我怕了你，好吧，既然天上真有了星星……」她略帶羞澀的點了點頭。

沈傲大喜，這才將周若放開。

周若微喘了口氣，便道：「不過，就算我同意，父親那邊也不好交代。」

沈傲拉住她的手，寬慰她道：「只要我的若兒同意，其他的事，都包在我的身上。」

周若拘謹羞怯的點了點頭，卸除了最後的僞裝，那傲氣便不由黯然了一些，她眼眸一轉，落在沈傲的手背上，滿是關心的道：「表哥……沈傲，你的手怎麼受傷了。」她不再叫表哥，已經開始慢慢適應角色的變換。

沈傲哂然一笑：「爬樓時不小心被瓦片刮傷的，不妨事。」

周若去尋了藥膏來，給他敷了藥，口裏埋怨道：「世上再沒有比你更壞的人了，夜裏爬女人的閨閣，若是教人看了，非打斷了你腿不可。」

沈傲哈哈大笑：「所以我才約上表弟來，他比我胖，行動沒有我方便，真要被人發現，抓住的一定是他。」

周若嫣然一笑，白了沈傲一眼：「想不到你還有如此心機？」隨即啐了一口：「你

若是沒有心機，這世上早已路不拾遺、夜不閉戶，再沒有壞人了。」

塗了藥，二人一齊趴在窗臺上看星星，周若方才看得不仔細，此時看到一顆星星竟是突然從天上掉下來，遠處的街道上，便有人哇哇大叫：

「又掉下來了一盞，弟兄們，滅火！」

「……」沈傲無語，鄧龍那混賬東西，叫的聲音這麼大做什麼，好像生怕沒人知道似的。

第一二〇章
無事不登三寶殿

過不多時，沈傲捧著一幅畫進來，喜滋滋地道：

「賀喜陛下，微臣沐浴皇恩，靈感乍現，作出一幅好畫要呈獻陛下御覽。」

今日的沈傲比往日多了幾分討好的意味，

趙佶哪裡不知道他的性子，只怕是無事不登三寶殿。

周恆先去了殿前司討要文書才去的庫房，沒有批文，庫丁是不可開庫的。

在殿前司撞到了鄧龍等人，將這事與鄧龍說了，鄧龍拍著胸脯要挑起滅火的重擔，須知這麼多孔明燈很是容易引起火災，若是出了事，那一場喜劇就變成了悲劇，為了這個，整個殿前司都動員起來了，除了當值的，大多散落在各處街角，隨時準備滅火。

為了看這星星，可以算是全城總動員，邃雅山房徵調了不少人紮孔明燈，還有放燈、滅火的，足足數百人之多。

周若頓時醒悟，道：「孔明燈！」

沈傲嘿嘿一笑：「若兒不要破壞氣氛好嗎?你看這天上，星亮點點，何必要計較它是星辰還是燈火？」

周若原以為這是上天注定要她做沈傲的妻子，此時見了，卻又是另一番心思，眼眸兒有些紅腫，原來沈傲只因自己的一番話，竟是連夜做了這麼燈來，倒是真難為了他。笑道：「尋常的孔明燈是飛不了這麼高的，你用的是什麼辦法？」

這個時代的孔明燈，生火的工具是蠟燭，因而產生的氣體不足，因此飛得並不高，而沈傲用的卻是石油，也即是猛火，動力十足，自不是現在的孔明燈能比的。

沈傲賣了個關子，笑道：「欲知後事如何，且待洞房花燭夜裏再分解。」

周若羞怯的咬了咬唇，作勢不去理他。

「表哥……」

不知過了什麼時候，周恆在樓下叫嚷，顯是和碧兒看完了「星星」，沈傲心裏道：「你的星星看完了，可是我的星星才剛開始進入正題，哎，這傢伙，成事不足敗事有餘。」

恰在這時，碧兒也進了門，周若見有了人來，立即板著個臉，道：「沈傲，深更半夜的，你莫非想在這裏常住？」

「我倒是想啊。」沈傲心裏ＯＳ一番，正色道：「不，不，我這就告辭。」飽有深意的看了周若一眼：「若兒，等著我的消息吧。」旋身就走。

倒是碧兒眼見二人的神色，已猜出了幾分，笑嘻嘻的道：「表少爺這麼快便走？爲什麼不多坐坐？呀，連杯茶水都沒有喝呢。」

沈傲嘿嘿的笑：「不喝了，不喝了，若是被人看到，會叫人說閒話的。」

周若繃著的臉忍俊不禁的撲哧一笑：「你現在才知道會有人說閒話，方才卻爲什麼這樣大膽？」

沈傲無語，連忙下了樓。周恆在外頭等著，見了沈傲下來，便道：「表哥，如何了？」

沈傲微微一笑：「自然是成了。」

周恆嘆了口氣：「事先聲明，若是你將來做了什麼對不起家姐的事，我可不放過你。」

沈傲嚇了一跳：「什麼才算是對不起？」

周恆道：「反正不能讓我家姐去做妾，更不能教她吃了虧。」

沈傲放下了心，這個時代的對不起，和後世的對不起，還是有本質區別的，連忙道：「這是自然，自然。」

周正是在子時才回家的，喝了幾口酒，滿是疲倦，一旁的夫人在旁埋怨了幾句，爲周正脫了紫衣公服，又叫人端來了水洗臉，自己才是心事重重地卸了妝，恰要去合上窗，便看到天穹竟是群星薈萃，燦爛極了。

夫人忍不住道：「今日真是奇了，竟真的出了星星。」

周正一邊淨臉，一邊道：「夫人，你今日怎的心事重重，干星星什麼事嗎？」

夫人猶豫片刻，便將今日的事全盤托出，最後道：「若兒是個倔強的性子，只是誰曾想到，今日卻真的出了星辰，哎，這只怕是天意呢。」

夫人說著，小心翼翼地看著周正。莫看周正平時對家裏的事不大關心，全都交由自己去處置，恪守著男主外、女主內的規矩，可是若他不同意這門親事，只怕就是說破了天也沒有用。

夫人心軟，見不得周若那般日漸消瘦憔悴，況且對沈傲，也是喜歡得緊，因而雖覺得不妥，卻並不反對。

誰知周正沒事人一般，擰乾了濕巾，叫人端著水盆出去，只是懶懶地抬了抬眼皮，道：「哦，知道了。」說著，便坐到床榻邊去脫靴子。

夫人見他這副模樣，心裏忐忑，忙去爲他脫靴，口裏問：「你是一家之主，事關兒女的婚事，還需你來拿主意，你怎的不聞不問？」

周正板著臉道：「此事是我做主嗎？我怎麼不知道？」

夫人便以爲周正是說她擅自做主，正在不悅呢，連忙道：「當然是你做主，我對沈傲也是這般說的，你不點這個頭，我可不敢輕易答應了他。」一副維護夫君威儀的樣子。

周正苦笑道：「我不是這個意思，我是說，若兒的事，既不是你能做主，也不是我能做主的。」

夫人咦了一聲，道：「這倒是奇了，若兒的婚事，你做不得主，我做不得主，還有誰能做得了主？我倒要聽聽。」

周正指了指房梁，道：「官家！」

夫人嚇了一跳：「我們周家兒女的婚嫁，和官家有什麼干係，這管得也太寬了吧？」

周正又是苦笑：「夫人你想想看，若是我們不同意，到時候，沈傲又竄到宮裏去，官家和他的關係，你總有耳聞吧？上一次他與三家訂親，不就是官家下的旨意嗎？到時候如法炮製，再一道中旨下來賜婚，周家女兒能不嫁嗎？哎，女大不中留，既然若兒有這個心思，我們又不能阻止，只能如此了。」

周正想了想又道：「況且，這個沈傲也不錯，這一次科舉，名列三甲也是有望的，汴京城中不知多少人想招他爲婿呢，他的性子我也清楚，是貪玩了一些，人品卻也無可挑剔。」

夫人安了心，便道：「那明日我便和他說說。」

周正搖頭：「不要說，由我們說就掉了身價，要說，也是他來說。」

他心裏主意已定，又道：「若是如此，待他結了親，就不能再住在府裏了，要搬出去，否則別人看了，還當他是贅婿呢，他將來的前程不可限量，不可遭人詬病。我聽說龍圖閣大學士就要致仕回鄉了，有點想賣了宅子搬回鄉下的意思，到時候我去和他說說看，看看他的宅子能否賣給我，將來就當作是給若兒的嫁妝吧，哎，女大不由父，隨他們去吧。」

說完這些，周正嘆了口氣，唏噓不已。

一夜無話，到了第二日，國公去上朝了，夫人便又將周若叫來，周若今日的臉色羞得紅艷艷的，無論夫人說什麼話，都心不在焉，夫人心裏就有了計較。

一開始，夫人還對這門親事有些抗拒，總覺得沈傲的妻子太多，周若嫁過去，沒準兒要吃虧。可是現在一想，也漸漸接受了，便都往好處裏想，總是覺得沈傲與周家關係緊密，斷不會虧待了周若。

接著又叫來沈傲，沈傲朝夫人嘿嘿一笑，這一下不知該叫姨母還是伯母了，不過他是素知夫人性子的，還是乖乖叫了一聲姨母，作出一副從容的樣子坐下，連看都不敢看周若一眼，只和夫人說話。

反倒是周若覺得氣氛尷尬之極，推說身體不適，狼狽地走了。夫人哪裡不知周若的心事，若是平時周若說一句身體不適，這夫人免不得要念個幾十遍佛經，噓寒問暖，請郎中問藥，可是這次卻不多說，自是明白周若羞怯了。

待周若走了，夫人心裏終是藏不住事，便將昨夜周正的話轉述了一遍，沈傲聽了渾身輕鬆，迎娶周若的事總算塵埃落定，正色道：「既是置辦宅院，還是我自己向那龍圖閣學士買的好，教姨母破費，沈傲心裏難安。」

夫人慍怒道：「有什麼難安的，你是我的外甥，將來又是女婿，親上加親，這是我和你姨父給若兒的嫁妝，你還推拒什麼。再過幾日便是科舉，你考個好名次來，到時再準備風光成家吧，其他的，能置辦的我來幫襯著。」

沈傲不再堅持了。

夫人又道：「還有一件事，你要謹記著，既然你那三個未婚妻子都是官家賜的婚，也都封了誥命，我家若兒也不能薄待了，迎親之前，你需去和官家說說，再下一道旨意出來賜婚，否則我這女兒可不輕易許你。」

這一條是夫人加上去的，夫人自幼家貧，在汴京諸王公的夫人面前低人一等，飽嘗了這種心酸，自然不願意女兒少了名分，不管如何，沈傲的其他妻子有了誥命，有了賜婚，自家的女兒也不能少，否則叫人看了，難免要看輕。

看來全天下的未來丈母娘都是一個心眼，不肯吃虧，只是官家是皇帝啊，在夫人的口中，向皇帝請求賜婚怎麼倒有點像買棵青菜那麼簡單了？不過，沈傲可不會傻得反駁夫人的話，只嘻嘻笑道：

「那我立即進宮去，就是死纏爛打，也要將這誥命和聖旨要來。」

夫人得了許諾，便不再說什麼了。

沈傲當即入宮晉見，趙佶正在提筆畫畫，聽到沈傲來了，臉上不由地露出幾絲喜色，隨即又板起臉道：「平時見不到他的人，這科舉還有三兩日，他倒是不肯讀書反四處閒逛，哼，朕不見他，叫他回去讀書，考完了科舉，再來見朕。」

通稟的內侍道：「陛下，沈傲說是來送畫的。」

「送畫？」趙佶猶豫了一下：「叫他進來吧。」

過不多時，沈傲捧著一幅畫進來，喜滋滋地道：「恭喜陛下，賀喜陛下，微臣沐浴皇恩，靈感乍現，作出一幅好畫要呈獻陛下御覽。」

今日的沈傲，比往日多了幾分討好的意味，趙佶哪裡不知道他的性子，只怕是無事不登三寶殿，便故意板著臉道：「將畫拿來朕看看。」

侍立一旁的楊戩朝沈傲使了個眼色，算是打了招呼，走過去將沈傲的畫送到御案去鋪開，趙佶一看，這是一幅仕女圖，畫中一個清冷高傲的少女對著一面如鏡的大湖，大湖波光粼粼，佈局很是合理，與遠處的小亭相映成趣。

湖畔邊的少女美不勝收，眼眸微微闔起，似是欣賞美色，又像在享受著拂面的颯爽。粼粼的湖水與少女一動一靜，使得整張畫極有張力，整幅畫的筆線用了兩種風格，湖景用的點線帶有一種飄逸粗獷，使得畫中的湖水躍躍欲試，彷彿下一刻便要流動起來。至於那少女，用筆細膩到了極點，尤其是那美眸，讓人一看之下難以忘懷。

「好一幅仕女圖！」趙佶看得心曠神怡，不由讚了一個好字。

沈傲笑道：「這幅畫，畫的乃是學生的表妹，官家以爲如何？」

趙佶沉思片刻道：「莫不是賢妃的侄女？」

沈傲一愣：「呀，陛下真是神機妙算、別具慧眼、神鬼莫測啊，學生拜服之至，厲害，太厲害了。」心裏卻念道：厲害個屁，滿大街的人都知道表妹是賢妃的侄女。

趙佶板著臉道：「你的奉承，朕可不敢受，你說吧，這一次來，莫不是教朕又給你賜婚？」

沈傲驚嘆道：「知我者，陛下也。」不再忽悠了，將真相據實相告，苦笑道：「陛下，我和周表妹實在是一對璧人，若陛下宅心仁厚，一定不會拒絕學生的了？」

趙佶又好氣又好笑，還真被自己猜中了，難怪這小子一進來，就給自己戴高帽子，果然是沒有好事。沉眉道：「你倒也不知足，朕給你賜了三個婚，你卻又厚著顏面還要朕來賜婚，朕又不是紅娘，豈能專做賜婚的勾當。」

楊戩在旁道：「是啊，陛下，此例一開，只怕到時候人人都要賜婚，陛下操勞國事，豈能沉浸於此。」

「楊公公，你……」沈傲想不到楊公公當面反戈，不過隨即一想，這楊公公好歹也算自己未來的岳丈，也難怪他這一次站在自己的對立面。

趙佶坐了下來，慢悠悠地喝了口茶：「楊戩說得不錯，此例不能再開了，除非……」他呵呵一笑，慢吞吞地道：「除非這一次的科舉，你能中了狀元，朕或許還可以考慮考慮。」

沈傲狼狽地從宮裏出來，只得回國子監去。

想要賜婚，就得考中狀元！狀元是這麼好考的嗎？除了實力，更要運氣，沈傲連三成的把握都沒有，不過有了這個動力，沈傲對科舉倒是多了幾分期待。

回到國子監，便遇到吳筆等人喳喳呼呼地出來，原來是吳筆考了三甲，很是得意，被人拱著要請酒，恰好遇到了沈傲，不由分說便將他拉了去。

沈傲大叫：「你們還是好人嗎？我可是讀書人，怎麼能成日和你們這些不學好的傢伙廝混，這酒我是斷不喝的。」

「喂，事先說好，除了入仙酒樓，我哪裡都不去，那裏的飯菜很合我的口味。」

被拉扯到入仙酒樓，小二見了沈傲，立即通報安燕。安燕連忙出來，特意爲他們開了個廂房，道：「既是沈公子帶同窗來，今次的酒水免費！」

「免費？」眾人大喜，沒一個客氣的，什麼乳燕歸巢、西施舌、貴妃雞，琳瑯滿目的點了一大桌，恰好狄桑兒進來，見這幫人無恥之極，跺了跺腳，倒教吳筆等人脖子一涼，再不敢點了，一個個噤聲不言。

沈傲好委屈：「狄小姐，這菜又不是我點的，冤有頭債有主……」眼睛意有所指地瞄了瞄吳筆：「咳咳……」

「哼，無恥的臭書生！」狄桑兒重重地哼了一聲鼻音，揚長而去。

吃過了酒，一大夥人又回到國子監，沈傲睡了一覺，一直到了第二日清早才醒來，又開始苦行僧似地最後衝刺。

倒是博士們對他關心得很，下了課，還叫他和吳筆到崇文閣去補習，這些博士科考的經驗豐富，說了許多考試的注意事項，沈傲很認真，竟是拿出紙筆來一一將這些真言記下，倒讓博士們心花怒放。

多好的一個學生啊，就連考試的注意事項，他也記得這般認真，簡直是要將自己的話當聖旨了。博士們的自信心一下子膨脹起來，七嘴八舌地你一句我一言，不亦樂乎！

只是，若是他們知道沈傲將這些話記下來，是要送去《邃雅周刊》的編輯部，成為沈傲的賺錢利器，去增加周刊的銷量，只怕自我感覺就不會如此良好了。

到了八月初九，終於到了科舉之日，學子雲集，迎著颯爽秋風，踏入考場。

科舉一共要考四場，一場考大經，二場考兼經，三場考論，最後一場考策。其實不管是大經、兼經、考論，都是經義中的一種，無非是試題不同罷了，比如大經，出題的一定是《禮記》、《春秋左氏傳》中的內容，兼經，出題的是《詩》、《周禮》、《儀禮》中的內容，至於考論，其實也只是用經義的形式答題罷了。

說到底，還是萬變不離其宗，只要能作出經義文章來，管他題目出自哪裡，只要按照格式破題、承題、開講便是。

倒是最後一場的考策，卻不是在考場中考的，一般只有中了貢生，有了參加殿試的資格，由皇帝親自與之對策。

沈傲信心滿滿，待進了考場，收拾了筆墨，便等試題發下。

這一次他所面臨的壓力不小，今年科舉的書生，足有萬人之多，要在這麼多人裏脫穎而出，實在不是容易之事，不過，沈傲是個越戰越強之人，一到緊要關頭，心裏素質極好，在這一方面，他倒是佔了很大的優勢，換作是別的考生，只怕早已緊張兮兮了。

隨著一陣梆子聲傳出，第一場試題總算發下來。看了題目，沈傲愣了愣，不禁道：「有朋自遠方來，不亦樂乎，哎，竟是出了個這樣的題目。」

這句話出自論語學而篇，論語又出自《禮記》，因此算是大經。題目的意思很通俗，就是說有志同道合的朋友從遠方來，不也很愉快嗎?問題是，這個題目早已爛大街了，沈傲最大的優勢在於思維敏捷，因此題目越難，他的優勢最大，卻無論如何沒有想到，堂堂科舉，竟是出了個這般平庸的題目。

嘆了口氣，便不再多想了，沉思片刻，決心以一種刁鑽的角度去破題，否則像這般的題目，考生的觀點都千篇一律，考官看了，只怕也會疲倦。若是沈傲能引申出一些新意，便能產生令人耳目一新的功效。

況且主考官的性子，沈傲也打聽了，乃是當朝太宰蘇柏，此人年歲不小，已到了致仕的年紀，學問倒也挺高，最愛看那些出奇制勝的時文、經義，若是能對他的脾胃，脫穎而出是不成問題的。

須知宋朝雖然考取的名額不少，但是成績也分爲三等，一等稱進士及等，二等稱進士出身，三等賜同進士出身；因此，表面上每次科舉錄取的學生有四五百人之多，可是真正能躋身入進士及第的，絕不會超過十人，大多數還是進士出身和賜同進士出身，要進入三甲，唯有進士及第才有可能，因此，第一場大經尤爲重要，出了差錯，就不能再彌補了。

沈傲先不急著動筆，坐在凳上沉思起來。

時間慢慢過去，半晌才慢吞吞地提筆寫道：「夫朋自遠方來矣，於斯時也，樂何如邪?非好學不知之爾。」意思是說，朋友從遠方來了，在這個時候，值得快樂嗎?若是朋友不好學，其實也不過如此。

這一句自是標新立異之極，竟是直接否認了有朋自遠方來的論點。

沈傲不由自主地淡淡一笑，繼續寫道：「夫子爲明善而復初者言曰：學者性之復；而情，一性也，有說幾焉，抑有樂幾焉。」這一句承題，峰迴路轉，卻是從學習入手，借用孔子的觀點來爲自己注解。

須知這論語學而篇，本就是勸人向學的道理，沈傲不用朋友來破題，反而轉到學習上，頗有打破傳統作法的意思。

之後筆下龍蛇，按照經義的格式開始填詞，足足過了半個時辰，一篇花團錦簇的文章才算作成，檢查了幾遍，塗改了幾處錯別字和漏洞，方才作罷。

待考完了，交了卷子，考生們紛紛出場。各人的表情自是不同，有的懊惱，有的興奮，有的竊喜。

沈傲回到國子監裏去，唐嚴便叫他過去，問他考得如何，沈傲記性好，將自己的經義背了出來，唐嚴抿了抿嘴，不置可否地道：「尚可，能不能入選，就看考官了。」

沈傲心裏竊笑，這考官的來路他早就摸清了，不打無準備的仗。

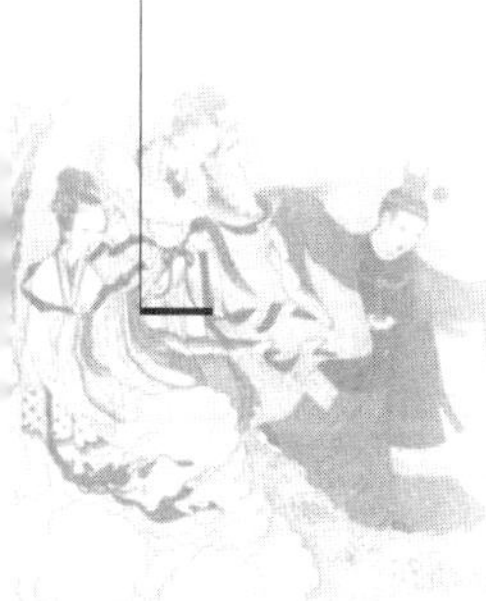

第一二一章
天子閱卷

趙佶哈哈一笑，道：

「世上除了他，又有誰有這份才智，

想不到第一份送來的大經卷，就這般有意思，不知程輝等人的試卷如何。」

說著，他興致勃勃地提起朱筆，在這份試卷上畫了個圈。

禮部大堂，太宰蘇柏年紀太大，已是年屆七十，人生七十古來稀，如今就是走路，也免不得要多喘幾口氣了，這一次擔任主考，頗有些照顧他這個老臣的意思，算是在致仕之前，讓他發揮最後一次餘熱。

蘇柏年紀大，老眼昏花，只看了幾份卷子，就已經氣喘吁吁了，因而卷子都由考官們去閱，什麼時候發現了佳作，再呈上來給他看。只是左等右等，考官們卻是一份卷子也沒有呈上來。

今年的大經出題實在過於普通，有朋自遠方來？嘿嘿，這種考題的範文就是流在市面上的沒有一千也有八百了，審美疲勞，這麼多卷子裏，全是千篇一律，讓人提不起興致，教人看得昏昏欲睡。千挑萬選，總是選不出一個對人胃口的，因而非但是蘇柏臉色帶著不悅，就是那些考官，也都臉色晦暗。

過了半晌，耳室的一個公公過來問：「蘇大人，這宮裏只怕等急了，怎的還沒有挑出幾篇好文章來？」

歷年的科舉批題，宮裏都會派個公公來這候著的，有什麼好文章，就挑選出來直接送進宮去御覽，這是一個姿態，是向天下人說天子崇文，對學子很是重視。

蘇柏苦笑捋鬚道：「劉公公稍待，或許就來了。」

他心裏也有點兒不舒服，呈送御覽的文章可是不能胡亂挑的，天子豈是好糊弄的，若是送去的文章不好，豈不是說你擇文不明？因此這公公催得再急，蘇柏也不敢造次，文章一旦送上去，說明這份卷子就有了進士及第的資格，自己是要承擔後果的。

那劉公公也有些乏了，卻又不能在這閱卷重地多待，又回到耳室去喝茶等候。

蘇柏不耐煩地端著茶盞，對著茶沫胡吹一氣。

正在這個時候，一個考官終於從案上長身而起，捧著一份卷子過來，蘇柏頓時來了精神，接過卷子，對那考官道：「左等右等，總算來了個能看的嗎？」

考官笑呵呵地道：「下官只是覺得這卷子很有新意，辭藻堆砌的也是極好，因此請蘇大人看看。」

蘇柏揮了揮手，叫那考官繼續去閱卷，抬眼去看文章，他是老江湖，曾歷任過學政等職，也在禮部公幹過，對經義文章最是熟稔的，只抬眼一看，便忍不住皺眉，心裏想，這是什麼破題，聖人的話他都敢推翻？

隨即又看了承題，臉色方才舒展了一些，一副原來如此的表情，搖頭晃腦地喃喃道：「這人的思維倒是敏捷得很，很久沒有見過這樣的怪才了。」

原來是承題接引了破題，只不過不再是推翻聖人的話，而是用聖人之言來闡述爲什麼有朋自遠方來，不亦樂乎的道理。而同時，也肯定了考題的話，只是在理解上造成某種偏差而已。

蘇柏繼續去看開講，一路看下去，全文很流暢，沒有一絲矯揉的痕跡，辭藻很繁複，卻沒有覺得有哪一處不合時宜，整個經義的主旨突出點名「勤學」二字，頗得人心，蘇柏不由自主地搖頭晃腦，念道：

「帝王之有天下也，非以乘權而施政教爲樂，而以道一風同釋其憂勤之念。君子之得大行也，非以遇主而著勳名爲樂，而以都俞拜颺生其喜起之情。有朋自遠方來，斯時也，斯情也，而有以異於彼乎？不亦樂乎……好，好個帝王之有天下而政教爲樂，君子之得大行遇主而著勳頗得人心，天下大道，被他一句結語就給闡述了。」

蘇柏對這篇文章愛煞了，又連讀了幾遍，叫了幾個好字，連其他的考官都驚動了。其實這篇文章一開始還只是以思維敏捷爲主，從有朋自遠方來引申到了勤學，已是很難得，最難得的是，在最後，卻又將勤學引申到了齊家治國平天下的道理，而這個道理，幾乎是整個儒學的精髓之處。

別的經義，都是以破題作爲全文的主旨，而這篇經義則是反其道而行，破題驚世駭俗，承題時再峰迴路轉，叫人忍不住爲作者的敏捷思維而叫好。只有最後一句，卻是畫龍點睛之筆，將千百年來讀書人所追求的世界大同闡述出來，令人爲之肅然起敬。

蘇柏連忙道：「去請劉公公。」立即有伺候的小吏去耳室請人。

那劉公公見蘇柏來叫，忙不迭地來了，蘇柏道：「立即封這份卷子進宮請陛下御覽。」

劉公公倒是有些不情願了，只是一份卷子就帶進宮去，到時候若又有好卷子，那不是要多跑幾趟嗎?倒不如再等等，一併送過去更省事。

蘇柏看出了劉公公的心思，笑道：「你聽我的話，這份卷子送進宮，陛下一定龍顏大悅，去吧。」

趙佶在萬歲山上看了劉公公送來的卷子，這試卷的名字已經給裱糊了，就是上面的行書，為了防止作弊，也都是叫小吏重新抄錄出來的一份。

趙佶笑呵呵地對一側的楊戩道：「依朕看，這份卷子八成是沈傲作的。」

楊戩對經義一竅不通，見陛下興致好，也笑著道：「陛下何以見得？」

趙佶哈哈一笑，道：「世上除了他，又有誰有這份才智，想不到第一份送來的大經卷，就這般有意思，不知程輝等人的試卷如何。」說著，他興致勃勃地提起朱筆，在這份試卷上畫了個圈。

楊戩心裏大喜，這卷子若真是沈傲作的，陛下畫的這個圈，只要接下來的兩場考試不出紕漏，一個進士及第是跑不了的，畢竟這是大經考，是科舉的重中之重，其餘的兼經、考論兩場與這大經比起來，影響並不大。

沒吃過豬肉至少看過豬走路，這些年陪著官家參與了不少科舉，楊戩豈會不明白其中的玄妙，大經《禮記》和《春秋》，尤其是《禮記》，記述的乃是聖人的言行，最是重要的，至於兼經和考論，不過是一些《詩經》、《周禮》裏的內容，算起來，只能算雜學，甚至有些學堂都不教的，只是教大家背誦下來即可，一心一意的專攻《禮記》，由此可見大經考的重要。

現在沈傲若過了大經考，殿試的資格算是十拿九穩了，身為未來岳丈，楊戩又豈能不喜，雖說早在預料之中，現在親眼看到結果，也足夠楊戩驚喜一番了。

不過他心底還是有些不悅，心裏忍不住埋怨：「這個傢伙，卻不知為什麼又要娶周小姐，照他這樣下去，還不知要娶多少妻子呢，這老婆娶這麼多做什麼？」

心裏暗暗腹誹，有點兒不滿意，楊戩這樣想，也是為了楊蓁兒著想，他現在做人的乾爹上了癮，已經進入角色，每趟回府去，那蓁蓁乖巧的很，過來給他問安，叫一聲爹爹，令他渾身好不舒暢，這種溫馨的感覺，自進了宮便再也沒有體會到。

到了下午，又有五六份卷子送來，趙佶一份份地看，也都說了個不錯、好之類的話，拿著一份卷子時不由多看了幾眼，笑呵呵地道：

「這一篇，若是朕猜得沒有錯，應當就是程輝的試卷了，天下的考生之中，能將文章做得如此四平八穩的，只怕獨此程輝一家，此人是真正的大才，不像沈傲那傢伙只知道投機取巧。」

楊戩聽了，心裏有點兒不舒服，忙道：「陛下，沈傲那也不是投機取巧，就算是，那也是天下獨一無二的投機取巧。」

楊戩的這番話將趙佶逗笑了，趙佶笑著道：「你說的也是，這二人文思不同，卻都是登峰造極的人才，百年難遇啊，今年的恩科能取這兩人，朕也就知足了。」遂打起精神，又提起朱筆，在程輝的卷上畫了個圓，在其他的卷上點了個朱點。圓代表的是優秀，而點則是合格的意思，這便是說，這七八份卷子算是全部錄取了。

這幾日，趙佶的心情極好，偶爾有試卷送來，他品評一番，或打回去，或圈點一番，只是再難遇到像沈傲那般出奇制勝，或如程輝一樣平穩又出眾的好卷了，人就是這樣，一旦看的好東西多了，這眼界自也高了幾分，看了一些優秀的試卷，便忍不住拿那二人的卷子來對比，這一比，便覺得這些試卷雖然花團錦簇，卻總是少了一些東西。是靈氣，趙佶陡然醒悟，不管是沈傲還是程輝，二人行文，似有一股靈氣橫溢，而這種靈氣說不上來，反正看了他們的卷子，辭藻不一定比其他考生華麗，卻總能令人產生暢快淋漓之感。

以至於後來送來的試卷慘了，一些明明極優秀的文章送到了御案，趙佶想都不想，直接打了個叉叫人送回去，這便是說，進士及第是別想指望了，最多也不過給個進士出身或者賜同進士出身。

可千萬莫要小看了這個區別，同樣是進士，可是這三樣進士對於將來的仕途是極有影響的，一般進士及第出身的官員，大多屬於二府三省的儲備官員，只要不出岔子，將來總能入朝的。至於進士出身，只要肯努力，也還是有入朝的希望。

最慘的是賜同進士出身，非但在同僚面前抬不起頭來，就算是將來你的職位再高，遇到了那些比你考得好的下官，人家論起學問來照樣可以不甩你。而且只要不出意外，若是將你外放個縣丞、主簿之類的官員，基本上，你就要做好終老在任上的準備了，到時候能轉個縣令已是很大的恩德，能做到知州，那便算是走了狗屎運，足夠你暗暗慶幸。

因此，若是教那些考生知道自己被沈傲和程輝害得擠不入第一梯隊，只怕拔刀殺人的心思都會有。

過了幾日，兼經考、考論如期進行，不過這些卷子就是再優秀，也不必送入宮中，全憑考官斟酌處置，到了八月十五恰是中秋佳節，考生們考完了最後一場，便各自回去團圓。

只是這些考官卻沒有了團圓的閒情，裱糊、抄錄、擇卷、記錄、封檔，這一樁樁的事雖是有條不紊，卻也忙得消停不下，八月二十本就是吉日，按規矩，這放榜之期便在那一日，短短五天時間要處置好萬份試卷，還要存檔、錄入，卻也不輕鬆。

沈傲考完了，伸了伸懶腰，出了考場，就看到劉文親自駕著車在外頭等著，迎過去徑直上車，心情頗有些激動，這幾日考試考瘋了，竟是連中秋佳節也忘了，連禮物都沒有準備，便教劉文先載他去松竹坊。

這松竹坊有個名堂，有點像後世的古玩一條街，沿街的店鋪接踵毗鄰，全是古玩鋪子和當鋪，只不過這古玩鋪子有個名堂，就是真品、贗品都有，要想買到好貨，全憑你的眼力。

其實這些所謂的古玩，大多都是從當鋪或者鄉間裏收來的，良莠不齊，你若是吃了虧，花大價錢買了個贗品，那是你活該，可要是你眼力好，十貫百貫買了個好貨，店家也絕不會糾纏，都是你情我願。

之所以形成這種格局，其實是有意爲之，據說是大唐開寶年間，一個古董商人想出來的點子，那個時候的古玩鋪子，都是請了許多鑑寶的大師來爲顧客鑑定的，因此賣的都是真貨，只是生意卻都不太好，可是後來呢，這商人卻出了個主意，也不請什麼鑑定師，只是到鄉間去收許多的瓷瓶和古玉來，擺在貨架去賣，好不好，他看不出來，全憑顧客去看，這生意卻是出奇的好，因而大家有樣學樣，紛紛效仿，到了如今便形成了這個格局。

其實但凡愛好古玩的人，體會的還是獲得古玩的過程，若是太輕易得到，反倒失了幾分樂趣，還是自己來淘，更合胃口。

沈傲教劉文在街口停了車，自己一家一家地去看，那些店夥見沈傲衣著不凡，也都過來爲沈傲介紹，沈傲只是微微含笑，看了幾眼，便又跑到別家去。

如此轉了幾圈，看過的古物沒有一百也有八十，足足浪費了一個多時辰，沈傲才在一家不起眼的店鋪前停下，拿起一方菱形銅鏡，在手上掂了掂，問這家店的店夥道：「這銅鏡多少錢？」

店夥笑道：「公子，這是晉時的銅鏡，也算是有些年頭的古物了。」伸出四根手指，笑道：「公子以爲如何？」

「四貫……這麼貴？」沈傲吸了口涼氣。

店夥認真地道：「是四十貫。」

沈傲微微一笑，道：「你看這銅鏡明顯有打磨的痕跡，還說什麼晉時的銅鏡，故意要誆我嗎？四十貫，你慢慢賣吧。」說著，拔腿要走。

古玩這種生意，本就是漫天要價落地還錢的，見沈傲要走，店夥連忙將沈傲攔住，笑嘻嘻地道：「公子若是喜歡，十貫吧，十貫賣你。」

沈傲回頭，想了想道：「四貫，我最多出這個價錢，你若是賣，我現在拿走。」

店夥便不吱聲了，道：「收來時也不是這個價，公子，你這價錢也太低了，要不，再加一點？」

沈傲拔腿走了，那店夥便在外頭張望，看到沈傲進了另一家鋪子，足足過了一炷香的時間才出來，店夥朝他喊：「四貫就四貫，公子若是喜歡，小的寧願挨了掌櫃的罵，就權當交公子這個朋友。」

沈傲知道這是店夥招攬生意的手段，只哈哈一笑，拿了菱形銅鏡會過了賬，道：「依我看，這銅鏡你們收來最多不超過五百文，這一次就當讓你們訛我一次。」說罷，抬腿走了。

抱著銅鏡與劉文會合，又叫劉文去買了些禮物，方才打道回府，周府今日自是張燈結彩，門口幾個掛新匾的家丁見劉文帶著沈傲回來，一個個道：

「表少爺回來了，哈哈，表少爺考完了科舉啦。」

徑直進了後園，得知公爺已經回來，沈傲便先去書房尋這未來丈人，到了書房，周正還在看書，見了沈傲來，不冷不熱地道：「噢，科舉考完了？這便好，這幾日歇一歇，等放榜吧。」

他絕口不提沈傲和周若的親事，頗有些姜太公釣魚的悠閒。

看著周正，沈傲一時也猜不透他的心思，臉上帶著微笑地道：「姨丈，今日是中秋佳節，小甥備了一件禮物，還請笑納。」

「噢。」周正淡然道：「是什麼禮物？」

沈傲掏出從松竹坊淘來的菱形圓鏡，從容地道：「晉時圓鏡，若是幸運的話，還是宮中御用之物，說不準那賈南風還用過呢！」

賈南風？周正倒是來了興致，賈后留存於世的寶物可是非同凡響，收藏價值極高，這位賈后的歷史知名度可是不低的，賈后的父親叫賈充，是三國魏晉時期的名臣，因為在司馬家族代魏時立下大功，極受晉帝的寵幸，此後賈南風嫁給了司馬衷。

這位司馬衷是歷史上出了名的傻子皇帝，司馬衷為帝之後，朝政大權幾乎落入了賈南風的手裏，這位賈后倒行逆施，不久就釀下了八王之亂這場彌天大禍，直接導致了西晉的滅亡。

雖說以前的主人名聲不好，可是古物要的是收藏價值和歷史價值，就算是歷史上最大反派的用具，那也是非同凡響的奇珍異寶。周正平生便只此一個愛好，連忙小心翼翼地接過銅鏡，左右觀看撫摸，沉吟道：

「只怕未必吧，這銅鏡有打磨作舊的痕跡，倒像是贗品，更何況也不符晉宮的制式，當時晉宮大多用的乃是神獸鏡，鏡後雕刻神人二字銘文，而此鏡的銘文則是家勢富昌四字。」

沈傲呵呵笑道：「姨父請認真看，這打磨的痕跡不是作舊式的打磨，若是作舊，一般在打磨之後用牛皮膠砣蘸油擦拭，使得整個鏡面更加平整，可是這方菱鏡，只是單純的打磨罷了。當時的晉宮，確實流行神獸鏡，可是姨父莫忘了，賈南風嫁入宮裏去，尋常的用度可以不是宮中之物，也有可能是陪嫁之物。」

若是陪嫁之物，那賈后用的自然不是宮中御製的銅鏡，這個理由倒也說得通，只是沈傲說得如此確鑿，論據仍然不足以服人，疑點頗多，周正饒有興趣地問道：「那麼你就說說看，為何它是賈后的御用之物。」

沈傲正襟危坐道：「開始我看它時，就已經猜測出它應當是晉時的古物，瞧這樣式，應當出於高門大族的用具，當時晉人對銅鏡的制式有嚴格的規定，比如這銅鏡，背面雕刻的是『四葉佛像鳥鳳』，由此可見，這菱鏡的主人至少也是三公九卿，否則鑄造這種銅鏡，就屬於違禁品了。」

沈傲頓了一下，又繼續道：「後來看了那打磨的痕跡，一開始，我也以為這應當是贗品，但仔細一看，便明白了，這不是打磨作舊，因為若是作舊，為什麼不打磨銅鏡的背面，為什麼不用牛皮蘸油擦拭，而只是打磨鏡面？有了這個線索，我便開始回憶晉書的內容……」

沈傲呵呵一笑：「一方銅鏡，它的主人去打磨鏡面，若是普通人，一定會以爲這人瘋了，將鏡面打磨了，鏡子的功效不就沒有了嗎？直到後來，我才明白了。」

周正聽得如癡如醉，不由地點著頭，心中在想：是啊，真是奇怪，把鏡面打磨了，就如同將酒杯的底座去掉，酒杯的功效蕩然無存，還叫杯嗎？

沈傲笑道：「後來我想到了《晉書》，《晉書》對賈后的描寫是身材矮小，面目黑青，奇醜無比。此外，在《太林廣記》中也曾記載過，說是賈后奇醜無比，是以最忌照鏡，曾下令將宮中的鏡子全部砸碎，或用鐵石將鏡面磨爛，又將宮中的美女悉數驅逐，更甚的是當即處死。姨父可以想像，當時晉宮，銅鏡悉數被砸碎，可是這方銅鏡，畢竟是賈后的嫁妝，豈能隨意棄之不顧，那麼賈后只好叫人將它的鏡面磨了，如此一來，鏡子失去了功效，也不會妨礙到賈后了。」

周正嘆道：「原來如此，這賈后的暴戾，就只從這銅鏡便可窺之一二了。」

沈傲笑了笑，將那銅鏡舉起來，在鏡子的手柄處指了指道：「這鏡柄上，姨父看到了什麼？」

周正認真地細看起來：「似是胭脂之類的物事。」

沈傲道：「這是月脂，是胭脂中的一種，因爲它過於豔麗，且彌足珍貴，因而用的人並不多，這種胭脂尋常人不敢用的，敷上去效果太明顯，過於矯揉造作，除非相貌過於醜陋，好用於掩蓋本來面目，否則是沒有人願意用這種胭脂。」

周正頷首，將銅鏡小心地收好，道：「這禮物，我很喜歡，勞你費心了。」語氣上改善了不少，少了一些方才的淡漠之色。

沈傲笑嘻嘻地道：「姨父喜歡就好。」

周正笑了笑道：「那件事，你姨母和你說了嗎？」

那件事自然指的是婚娶的事，沈傲訕訕道：「說了。」

周正嘆了口氣：「我就知道她在你面前藏不住事的，也罷！龍圖閣學士沈大人，我已經和他說了，他願意將宅子賣給我，過幾日我叫人去修葺一番，權當若兒的嫁妝吧。」他想了想，對外頭的人喊道：「去叫劉文來。」

過不多時，劉文來了，周正對他道：「劉文，你跟我幾年了？」

劉文道：「公爺，足足有三十年了。」

「三十年……」周正似在回憶，而後哂然一笑道：「人生有幾個三十年，你為我周家操勞了這麼久，現在有件事要教你去辦。」

劉文道：「請公爺吩咐。」

周正道：「待沈傲搬去了新宅裏住，你就去他那裏做主事吧，你和沈傲關係不錯，他跟前沒有一個能用的人，這家也管顧不來。」

沈傲聽了，自是明白周正的心意，非但送宅子還送人，這份嫁妝可是夠重的。不過這件事對劉文卻不算好事，劉文乃是公府的主事，天下的主事中，除了宮裏的太監，就屬他混得最好了，叫他到沈傲那裏去做事，雖然也是個主事，可是效果卻是大打折扣。

沈傲連忙道：「有勞姨父費心，不過劉主事一向在公府做得很好，還是不必了。」

劉文卻道：「公爺吩咐，小的自然願意，能伺候表少爺，劉文沒有怨言。」

沈傲正色道：「劉主事的行事風格我不喜歡，若是真要找個主事的話，倒是可以叫劉勝來試試。」

劉勝是劉文的兒子，被分派去管門房，年紀差不多三十多歲，爲人倒還算忠厚。

劉文見沈傲這般說，心下便明白了沈傲的意思，表少爺這是故意要抬舉劉勝，心下滿是感激之意，動了動嘴，卻是沒有說話。

周正想了想：「好吧，那就叫劉勝去，若是他有什麼怠慢之處，你告訴我，我親自處置他。」

沈傲應承下來，和周正陪著說了些話，無非是一些婚娶的事，眼看時候不早，周正看了看窗外的天色道：「只怕夫人那邊已經張羅得差不多了，我們一道去入宴，吃個團圓飯吧！」

一行人到了後園的餐廳，酒菜果然已經上齊了，還有各種捏成兔子、小雞的糕點，頗爲有趣，這團圓飯都是女人去張羅的，非但夫人，就是周若也要去捏幾個麵人，寓意美好的意思。

沈傲湊過去，看了這麵人，啊呀一聲，指著一個麵人道：「這麵人八成是若兒捏的，咦，這是老虎嗎？」

周若剛看到沈傲的時候，覺得有點兒不自在，從前倒還沒什麼，可是自從那一夜看了星星，便生出許多異樣來，這時見沈傲哇哇亂叫，臉色總算平緩了一些，少了幾分羞澀，惱怒道：「這是小狗。」

「啊？」沈傲很震驚地撓撓頭：「對，是小狗，這小狗栩栩如生，捏得很好，那這個麵人一定是小豬了？」沈傲指著另一個麵人道。

周若氣死了：「這是燕子。」

汗，燕子的身體原來可以這麼腫，大宋朝的燕子難道是吃XX飼料長大的？沈傲立即噤聲，再不敢指認豬狗兔子了，傷不起啊！

周正和夫人只是在一旁笑，過了一會兒，夫人道：「恆兒怎麼還沒有來，叫個人去問問。」

周正卻很高興，道：「殿前司越是在這個時候，就越是不消停，恆兒只怕給派上街去巡夜了，不要急，再等等。」

周恆能安心在殿前司做事，讓周正總算有了幾分安慰，反而不責怪他遲到了。

夫人倒是有點兒怨氣：「就是再忙，也總要吃個團圓飯才是。」

沈傲便過去陪夫人說話，足足等了一個多時辰，一身戎裝的周恆才跨步過來，臉上顯出些疲倦，走起路來倒是很精神，叫了一聲爹娘，便道：「今日殿前司所有人當值，這還是請了半個時辰假回來的，我喝兩口水酒就走。」說著，朝沈傲擠眉弄眼，要沈傲幫他說幾句話。

沈傲只是含笑，反倒周正笑道：「無妨，都快入座吧，不要耽誤恆兒的時間。」

眾人坐下，各自飲了幾杯酒，周恆敬了一圈酒，又拿出自己方才在街上所買的禮物送給周正、夫人、沈傲、周若後，便急促促地對周正和夫人道：「孩兒告辭了。」說罷，忙不迭的走了。

眼見夫人的眼眸中閃過一絲心痛之色，沈傲連忙道：「大家有沒有覺得，表弟懂事多了？」

這一句話倒是勾起了許多人的心思，周正頷首點頭，夫人心裏也頗爲認同，卻故意板著臉道：「還是那個樣子，一點也不顧家，哎……」

第一二二章
進士及第

這時，遠遠地聽到劉勝那興沖沖的聲音：

「中了，表少爺高中了，進士及第，是進士及第。」

沈傲大喜過望，等到劉勝來到沈傲的跟前，具實稟告道：

「小的親眼看見的，是進士及第，高踞榜首。」

這一頓團圓飯，沈傲大多的時間裏都是陪著周正喝酒，周正的心事多，喝起酒來又快又急，一個時辰過去，已是醉醺醺了，他滿是酒氣，再無從前那種淡定從容，捏著沈傲的肩，厲聲道：「沈傲，我將若兒交給你，你若是敢慢待她，莫怪我對你不客氣，聽見了嗎？」

周若羞得連忙起身離座，道：「爹，娘，我吃飽了，先回去歇一歇。」她的步伐凌亂，如受驚的小鹿般趕快走了。

沈傲道：「不會，不會，我不欺負女人的，更何況是自己的妻子。」

夫人便去勸周正，道：「早叫你不要喝這麼多的，來人，快扶公爺去歇息，去燒壺茶來給他醒醒酒。」

月兒正圓，高懸天穹，美極了，沈傲也帶了醉意，起身回去歇息。

這幾日的汴京城，最不安的便是那些外地的考生，還沒有放榜，心裏的大石總是落不下，中秋佳節，卻都孤零零的奔波在外，爲了排解寂寞，大多叫上幾個同鄉鬧哄哄地去酒肆喝酒，雖是熱熱鬧鬧，但難免還是帶著幾分落寂。

到了八月二十，這一日，客棧的店夥小二起得極早，立即端了熱水開始照應，今日是放榜的日子，往年若是遇到秋闈，遇到這一日，客棧裏住著的考生往往起得極早，因此要提前起來，做好準備伺候客人。

天還未亮，無數盞燈便點亮起來，街上賣炊餅的貨郎及早起來沿街叫賣，那些考生出了客棧，手裏拿著炊餅，急促促地去各衙門的聖諭亭等候放榜，雖是晨風習習，秋高氣爽，許多人皆都捏了一把的汗。

沈傲沒有去看榜，起床時頭有些痛，淨臉漱口之後，劉文帶著劉勝過來，一見沈傲便呵斥劉勝道：「快跪下給表少爺磕頭。」

劉勝憨厚地撲通跪下，當真重重磕起頭來。沈傲連忙去扶，道：「劉主事，你這是做什麼？」

劉文很是感激地道：「表少爺，劉某人這輩子是活到頭了，昨日公爺叫我去伺候你，我並沒有什麼怨言。表少爺不要我去，還抬舉我這不成器的兒子，劉某感激不盡，往後我便將劉勝交給你，他若是做錯了事，隨表少爺打罵。」

沈傲呵呵一笑，上下打量劉勝一眼，其實劉勝這個人，他早就打過交道，人確實敦厚，只是辦起事來比不得劉文幹練，這種事還需要歷練，慢慢地也就能獨當一面了，劉勝缺的是一個機會。

沈傲笑道：「這可是你說的，到時候可莫要心痛了！」

劉勝道：「表少爺放心，我爹不會心痛的。」

沈傲哈哈一笑，對劉勝道：「好，那你現在去給我到聖諭亭去，先給我看榜，榜單出來了，立即回報。」

劉勝得了差事，興高采烈地去了，劉文又說了幾句感激的話，便又去忙活了。

今日是放榜的日子，沈傲的心情也頗為激動，在房裏乾坐了會兒，乾脆去尋周恆打發時間，周恆巡了一夜的街回來，已是有些累了，他現在只是個虞侯，不過殿前司已經放了消息，說是要升任他為將虞侯，這還是鄧龍那邊給沈傲傳遞的消息，周恆一直沒有說。

國公世子，升遷自然比別人快得多，況且周恆進了殿前司，在司中辦事也勤快，見了官長也很客氣，一個紈褲少爺搖身一變，其實是最容易和那些丘八打成一片的，有了升職的機會，都虞侯們第一個想到的自然是他，一方面是向公府示好，另一方面對周恆也喜歡，願意照顧。

周恆這幾日都是夜間去當值，每次都是又累又睏地回來，身體消瘦了許多，卻練就了一把力氣，走起路來也多了幾分氣勢，他剛要睡，見沈傲來了，強打精神起來，道：「表哥怎的來了？」

沈傲坐下，問了些殿前司裏的事，周恆也沒了睡意，陪沈傲說話，對沈傲道：

「這幾日都在盛傳表哥的事呢，不少進宮裏當差的兄弟都說陛下幾次在人前提起過你，上一次吏部尚書晉見，還特意問了杭州府那邊是否有空缺，聽那口氣，好像是要將你安排到杭州去。」

「杭州？」沈傲倒是不覺得意外，蘇杭的地位在大宋相當於後世的上海，但凡有前途的官員都是從那裏幹起的，比如蘇軾，在入朝前就曾去做過杭州知府，還有蔡京，中試之後，立即給了個錢塘縣令，王安石任過常州知州，常州距離蘇杭不過咫尺，也是極爲重要的州縣；這些人大多都平步青雲，最後都名垂後世。

沈傲對朝廷的一些任用多少有些瞭解，但凡是皇帝相中的官員，就算是進士及第也要外放出去，恰恰相反，那些直接入朝的官員反倒都是些皇帝不太在乎的，外放其實就是有點教你到地方磨礪的意思，時候差不多了，再一紙詔書召入朝來任用，有了這個歷練，在資歷上也說得過去，往往比朝官升遷更快。

對去杭州，沈傲倒是一點都不排斥，杭州好啊，天上人間，此時的杭州比之汴京不遑多讓，倒是很想去見識見識。又和周恆說了些話，沈傲才告辭出去。

這時，遠遠地聽到劉勝那興沖沖的聲音：

「中了，表少爺高中了，進士及第，是進士及第。」

沈傲隱約聽見，大喜過望，等到劉勝來到沈傲的跟前，劉勝具實稟告，道：「小的親眼看見的，是進士及第，高踞榜首。」

沈傲又問同時進了進士及第的還有哪幾個，劉勝道：「有七八個，一個是吳筆，好像是表少爺的同窗，還有一個程輝，一個徐魏，有一個有意思，也叫周恆，我差點兒還以為是少爺也高中了呢。」

沈傲頷首點頭，不由地想，七八個名額，太學和國子監就占了一半，中央大學果然不一般，想著便拿出一張錢引來，道：「去街上買些禮物，分發出去，不管是你爹還是外府的主事，就是粗使丫頭和更夫都不要漏了。」

劉勝接了錢，忙不迭地去了。

過了片刻，府裏便有人來道賀，沈傲和他們說笑一番，本想打發人去邃雅山房、楊府、唐府報信的，隨即一想，唐嚴是國子監祭酒，只怕這個消息他知道得比自己還早。至於楊戩，那更是手眼通天的人物，這消息只怕早就知道了，就是邃雅山房那邊，只怕也派了夥計去看。因此也不多此一舉，親自去給夫人報了信。

想去見周若，到了閣樓下叫了兩聲，沒動靜，拉了一個丫頭來問，那丫頭便笑道：「表少爺叫也沒用，小姐不會出來的。」

「這是為何？」

這丫頭對沈傲的印象極好，低聲道：「表少爺還不知道嗎？小姐見了你，羞都要羞死了，哪裡還肯見你，咦，碧兒來了，我要走了，否則叫碧兒看見，一定會和小姐說的。」說罷，忙不迭地跑了，臨走時還銀鈴般地咯咯一笑，那樣子好像是說：表少爺真是個呆子。

沈傲只好回去，這時又聽門房道：「報喜的人來了，還有不少表少爺的同窗，都是來道喜的。」

叫人去分派了賞錢，又將同窗們迎進來，這些同窗純屬吃大戶的，一個個興高采烈，喝了茶，掰著指頭計算國子監考入了幾個，除了沈傲和吳筆，據說還有兩個人上了榜，不過，進的是進士出身和賜同進士出身，倒是太學今年上榜的多，據說有十一個，太學那邊早就慶祝去了。

陪著同窗坐了一會兒，眾人喝了茶，便又要走，說是還要去給吳筆道喜，沈傲興致倒是好，乾脆道：「那我也去。」

一群人嘻嘻哈哈地去了吳府。

吳家乃是世家，據說親戚裏現在還在做著官的就有七八個，歷代考中科舉的就有四十多人，書香門第，屬於少有的幾大家族之一。

眾人哄鬧著進去，那門口的門子見了他們也不攔，引著他們去了大廳，吳筆據說也去看榜了，還沒有回來，倒是吳家的老夫人拄著拐杖出來迎客，吳文彩陪著老夫人，忙不迭地叫人看茶，吳家今日自也是興高采烈，雖說歷代中試的人多，可是登榜進士及第也不過寥寥幾人，吳筆爭了氣，吳家上下與有榮焉。

吳文彩一眼就認出了沈傲，將沈傲叫到一邊，道：「據說沈公子也中了進士及第，是嗎？」

沈傲頷首點頭，吳文彩喜滋滋地恭喜了一句，想了想，又將沈傲拉到一邊去，低聲道：「明日就是殿試問策，你和吳筆是至交好友，我有個消息和你說。」

沈傲道：「請世伯示下。」

吳文彩道：「明日的問策，陛下出的題目一定與金遼兩國有關，沈公子及早做好準備吧。」

他這番透露，倒是讓沈傲意外，畢竟吳筆明日也要參加殿試的，吳文彩和自己說了，豈不是讓吳筆少了幾分在殿試中大放異彩的機會？

似是看出了沈傲的疑問，吳文彩輕笑道：「其實我之所以這樣說，也只是猜測而已，沈公子自重吧。」

吳文彩在禮部任迎客主事，沈傲頓時想到了什麼，道：「是不是金人的使者已經到了汴京？」

吳文彩不由地愕然了一下，隨即道：「沈公子如何得知？」

沈傲嘆了口氣，道：「以世伯的官職，再提及到金遼兩國的事，學生豈能猜測不出。」

吳文彩點點頭：「金人的使者已經安頓下來了，正與我們商議聯合滅遼的事項，我想陛下這幾日都在權衡此事，說不定明日的問策，會以此事爲題，既可作爲考校，陛下好也多了幾分參考。」

沈傲頷首點頭：「學生明白，多謝世伯。」

二人回到正廳去，正好見吳筆回來，自是一番熱鬧，鬧到正午，大家這才作罷，吳老婦人要教大家留飯，這些同窗也不客氣，只是沈傲知道府裏頭夫人一定盼望自己回去，畢竟今日自己也中了試，算得上是主角，豈能跑到別人家做客太久，便告辭回去。

這一天很快過去，到了第二日清早，劉文那邊已經來叫了，今日是殿試，不可耽誤。

已經有了藝考殿試的經驗，沈傲倒是一點都不緊張，按部就班地起床，先去洗漱沐浴一番，穿戴一新，聽說夫人已經起來了，先去請了個安，聽了一些安囑，便登上馬車，直接入宮。

清早參加殿試的人並不多，一共也就是七個，都是中了進士及第的，到了正德門外，馬車停下，吳筆便迎過來，道：「沈兄怎的來得這麼晚，我昨夜一宿未睡，丑時就出門了，在這裏吹了一個時辰的風，哎……早知如此，也學沈兄這般晚些來。」

沈傲心知他的激動，笑呵呵地道：「你這是苦樂參半，別人想在這吹風還沒這資格呢。」

吳筆忍不住地笑了，連忙說是，臉上也頗帶得意之色。

沈傲看了看這正德門外頭，程輝和徐魏兩個也都來了，在另一邊低聲說話，除了他們是年輕人，另外三個都是糟老頭子，最年輕的也有四十歲，其中有一個竟是鬚髮皆白，讓沈傲很是無語，這老先生也算倒楣了，孫子都要娶妻生子了才中了第，入朝做了官，過個兩年只怕就要致仕了。

他心裏忍不住腹誹，卻也覺得有些悲哀，自己和吳筆都是幸運的，這幸運的背後，又不知有多少人的心酸。

與吳筆閒聊幾句，那邊的徐魏見了沈傲，只是朝他冷冷一笑，倒是程輝踱步過來，朝沈傲拱拱手道：「沈兄，我們又見面了。」

對這個程輝，沈傲接觸不多，只是看此人生得玉樹臨風，平時的穿著雖然樸素，可是舉止之間，卻有幾分君子之氣。這個人也不知怎麼的，年輕輕就養成了一副成熟穩重，有一種讓人禮敬的氣質。

沈傲微微一笑，道：「是啊，程兄來的早。」

程輝上下打量沈傲，沈傲無疑是在太學中聽到最多的人，藝考狀元，如今又中了進士及第，琴棋書畫無一不通，皇帝親自下旨賜婚，這一樁樁的事，哪一樣都是許多人求之而不得的，偏偏這個少年，甚至比自己還年幼幾歲，竟是悉數包攬。

提起沈傲，就有人想起國子監，提起程輝，就會有人想到太學，這二人各自代表了兩個至高學府的招牌，其實從一開始，就陷入了水火不容的境地。程輝心中甚至在想，若是沈傲是太學生，或許這般的風流人物，已經是程某人的至交好友了吧。

心裏唏噓一番，那英俊的臉龐微微有些落寂，只是這種表情稍顯即逝，被一股卓傲取代，他道：「今日殿試，考的是策問，以沈兄的大才，這狀元只怕已是囊中之物了吧？」

沈傲哪裡會不知道程輝的心思，程輝即是太學，而自己無疑是太學的眼中釘，程輝這是向自己挑釁，想在殿試將自己擊敗。國子監對於沈傲，既是母校，也干係著老丈人的名譽，對方高傲，沈傲比他更傲，哈哈一笑，道：

「哪裡，哪裡，山中無老虎，猴子稱大王而已。」

這句話寓意明顯，程輝含笑道：「到時再向沈公子討教。」與徐魏又走到一邊去。

晨鼓響起，七個進士及第的考生徑直入宮，殿試的地點仍在講武殿舉行，此時滿朝文武身著朝服早已等候多時，趙佶身著朱冕，頭戴通天冠，肅然而坐，眼見考生魚貫而入，立即見到熟悉的人影，心中微微一暖，待他們要行禮時，虛手一抬，道：「免禮吧。」

他話音剛落，便有太監宣布旨意：「制曰：自古受命及中興之君，曷嘗不得賢人君子與之共治天下者乎？及其得賢也，曾不出閭巷……二三子其佐我明揚仄陋，唯才是舉，朕得而用之，欽命，即此。」

七個考生連忙躬身聆聽，這是一封求賢詔書，大意是說自古以來開國和中興的君主，哪有不是得到有才能的人和他共同治理國家的呢？當他們得到人才的時候，往往不出里巷，這難道是偶爾僥倖碰到的嗎？不！只是執政的人去認真訪求罷了……讓我們能夠任用他們。

這些話自是老生常談，幾乎成了定制，沈傲等人謝了恩，隨即趙佶賜坐，又說了一番朕心甚慰之類的話，這冗長的前戲，讓沈傲有些犯睏，明明醒來時還精神的不行，被這般折騰一下，精神鬆弛下來，便哈欠連連了。

趙佶目光恰好落過來，見他這副模樣，口裏還在說著漂亮話，卻是瞪了他一眼，頗有警告的意思。沈傲看了，連忙欠身坐得筆直。

好不容易進入正題，趙佶悠然道：「今次問策，問的乃是國事，諸位好好聽題吧。」

「今金人崛起，屢戰屢勝，遼人不能克，近有戰報傳來，說是金人與遼人於上京一役，遼軍二十萬人全軍而沒，金人占上京，虎視遼人臨潢府，此番金使已抵達汴梁，便是要與我大宋會盟，相約夾擊遼人，事成之後，我大宋奪回燕雲十六州，金人得西京、臨潢，諸位以爲，可以盟誓嗎？」

聽到遼人的上京竟被金人奪了，除了沈傲、吳筆之外，其餘人且驚且喜，宋遼有不共戴天之仇，雙方百年來屢有摩擦，遼人驕橫，年年來索要歲幣，一旦得不到滿足，便立即叩關而擊，邊境的衝突更是不斷，一直以來，宋人都將遼國視爲心腹大患。

可是另一方面，對於遼人的國力，宋人也大多持恐慌態度，數次的交戰，雖然雙方互有勝負，可是在宋人的心目中，遼人的彪悍早已熟知，誰也不曾想到，這個曾經不可一世的敵人，竟被什麼金人打得落花流水。

在場的人中，恐怕只有沈傲心裏爲之嘆氣了，他想不到，金人如今已經攻佔了上京，若是袖手旁觀或是落井下石，遼國的覆滅只怕也只是時間問題。

遼國的國土大致可分爲五個部分，一個是上京道，上京道占地極廣，差不多相當於後世內外蒙古的全部領土，那裏是遼人的龍興之地，遼人曾在那裏建造都城，政治地位極爲重要。

第二個部分是東京道，東京道與後世的東北差不多，如今已被金人悉數佔領。還有臨璜府，這臨璜府位處上京之南，其實就是遼人的中央管轄區域，是都城的位置，金人占住了上京，臨璜府相當於完全暴露在金人的鐵蹄之下，隨時可能陷落。

現在的遼國，剩下的領土只怕也只有西京道、南京道和中京道還可以積蓄力量了，這三道位於長城以南，屬於南院大王管轄的領地。

現在的時局應當是金人完全佔據了長城以北，而遼人幾乎已做好了退入關內的打算，金人擅長馬戰，在關外自是縱橫無敵，可是要入關，卻要突破長城屏障，只怕並不容易。所以金人才會想到宋朝，希望與大宋盟誓，南北夾擊，那麼遼人一旦遭受腹背之敵，必然方寸大亂，只要金軍入了關，其他的事就一切都好說了，到時莫說是遼人，便是大宋也一樣可以一舉收拾掉。

沈傲熟知歷史，又豈能不明白金人的如意算盤，只不過他看了看殿內諸人的臉色，一個個都是略帶興奮之色，哪裡有人會想到大禍臨頭。

心裏嘆了口氣，其中一個老進士捋鬚搖頭晃腦道：

「陛下，臣以為這正是北伐的大好時機，想我太祖皇帝當年，征遼無功，留下彌天大禍，今日可一舉克遼，報仇雪恥。」

其他幾個進士紛紛進言，大多都是主戰的，他們本就是飽學之士，搖頭晃腦道理一大堆，引經據典，無懈可擊。

趙佶聽得連連點頭，和顏悅色的道：「愛卿說得好。」身爲君王，收復燕雲十六州，也即是遼人的南京道，對於趙佶來說可是一件名垂千古的事，現在有了機會，他豈能不心動，又聽了這幾人的話，更是覺得自己若是北伐，其功績要直追漢武唐宗了。

幾個進士得了誇獎，心下大喜。

趙佶轉而向吳筆道：「吳筆，你父親是迎客主事，想必你也有話說，爲何卻偏偏閉口不言。」

吳筆沉默了片刻，道：「陛下，臣……臣以爲北伐之事尚需斟酌……」

這番話道出來，趙佶臉色有點兒難看了，道：「愛卿可有理據嗎？」

吳筆一時慌了，其實他心裏倒是有不少的想法，可是見皇上不悅，一時不安，結結巴巴的道：「這個……這個……眼下形勢尚不明朗，貿然出兵，只怕不妥。更何況我大宋三軍未整，只怕還要徐徐圖之……」

趙佶冷哼一聲，撫案不語。

這時徐魏哈哈一笑，對吳筆道：「吳兄這話卻是什麼道理，遼人新敗，難道他們的軍心不是不整嗎？眼下天降良機，豈能輕易錯過，等到遼人站穩了腳跟，到時悔之莫及。」隨即向趙佶道：「陛下，臣以爲當務之急，是立即草詔四方，與金人盟誓，令各方經略做好準備，一來給予遼人壓力，策應金人，另一方面厲兵秣馬，隨時北伐。」

趙佶便道：「愛卿叫什麼名字？」

徐魏道：「臣叫徐魏。」

趙佶頷首點頭：「好一個徐魏。」

徐魏心下大喜，知道這是皇帝對他的肯定，今日這論策，成績再差也差不到哪裡去了。

殿中沒有說話的，只剩下沈傲和程輝二人。

沈傲似是陷入深思，對殿中的一切充耳不聞。至於程輝，卻是風度翩翩，一臉坦然，好像胸中已經有了腹稿，只是秉持著一股謙讓之意，先讓眾人說完才願意闡述自己的觀點。

趙佶話音剛落，程輝才徐徐道：「陛下，徐魏說得很好，不過臣以為，吳筆的話才是老成謀國之言。」

程輝的第一句話，便驚世駭俗，趙佶有些愕然，便道：「程卿但說無妨。」

程輝想了想，道：「眼下我大宋得來的戰報，大多是金人提供的消息，上京之役到底如何，誰也不知。更何況金人一舉殲敵二十萬，微臣以為，這只怕是金人的誇大之詞。若是遼人尚有實力，而我大宋貿然北伐，其後果，還請陛下深思。」

這一番話，趙佶在與一些老臣商議時，也大多是這般說的，在如此情況之下，程輝居然能夠思慮到這一點，趙佶心裏已忍不住讚賞了，頷首點頭道：「不錯，所以朕已叫人派出細作，深入遼境打聽消息，只怕再過些時日，就有準確的消息傳來。」

受到皇帝誇獎，程輝的面色卻如古井秋波，不徐不疾地道：「不過微臣也贊同徐魏的觀點，厲兵秣馬已是當務之急，只要我大宋有了應變的準備，則金遼二國相爭，主動權在我大宋。」

這一次非但是趙佶點頭，就是滿朝文武也忍不住微微頷首了，程輝的對策很老成，合人胃口，所謂打鐵還需自身硬，現在當務之急，還是觀望時局，做好準備。

趙佶笑道：「程卿說得不錯。」想了想，目光又落在沈傲身上，這個沈傲一向是不甘人後的，今日卻不發一言，不知他又有什麼奇思妙想。

趙佶將目光落過來，沈傲不需催促，正色道：「陛下，微臣一直在想一個問題。」

趙佶道：「愛卿請說。」

沈傲道：「金人與遼人有什麼區別？」

這一番話有些突兀，倒是教殿中之人一時默然。

沈傲繼續道：「微臣還要再問，突厥人與匈奴人又有什麼區別？」

「……」

沈傲笑了笑：「在微臣眼裏，不管是匈奴人還是突厥人，是金人還是遼人，都沒有分別，他們所有的共同點都不過是南下劫掠罷了，遼人可以侵宋，難道金人不會侵宋嗎？現在沒有，可是一旦遼人覆滅，金人同樣會南下。我們與遼人有血海深仇，可是當金人取代了遼人，那麼將來我們的子孫，必然與金人不共戴天；有誰認爲我的話有錯嗎？」

這一句詰問，自是沒有人站出來，匈奴人覆滅了，突厥人崛起，可是因爲匈奴覆滅，突厥就不會崛起嗎？還有烏丸人、羌人，北方各族的興衰，又有什麼區別？

沈傲哂然一笑：「既然沒有分別，那麼微臣還要再問，是遼人的威脅更大，還是金人的威脅更大？遼人雖然凶悍，可是面對金人，卻是屢戰屢敗，那麼微臣是不是可以推論，金軍的戰力比之我大宋要更加強大，而一旦遼國覆滅，金人的弓馬會指向哪裡？以我大宋之力，可以抵敵嗎？滅遼固然是件值得歡快的事，可是拿我大宋增加一個更加強大的敵人爲代價，滅遼又有什麼好處？若金人的戰力是遼人的兩倍，而眼下我大宋的戰力比之遼人還要弱小，金人鐵蹄南下，誰可以去抵擋？」

「莫非諸位以爲，突厥人消滅了五胡亂華時的心腹大患，我們就可以得到安定了嗎？」沈傲嘆了口氣，繼續道：「微臣斗膽以爲，一旦遼國覆滅，則金人必然長驅直入，到時莫說是從遼人手裏奪來的好處，只怕就是我大宋也難以保全。」

第一二三章
國策顧問

王黼身為少宰，在朝廷中一直是大力支持聯金的幹將，
徽宗皇帝很大程度就是聽了他的話才下定了連金滅遼的決心；
因此在後世，許多人將他列為六賊之首，
因為他影響到的這個國策，直接導致了北宋的滅亡。

殿中一陣默然，沈傲的話確實有些道理，這一番話，無疑是給趙佶澆了一盆冷水，趙佶想了想，道：「那麼沈卿以爲如何？」

沈傲道：「陛下已經派出細作前去探聽消息，若是上京之役，遼人並沒有傷筋動骨，則我大宋作壁上觀，只看鷸蚌相爭。可是若遼人當真二十萬軍馬覆沒，懇請陛下一面督促將士，做好應變準備，另一方面，與遼人締結盟約，共禦強敵，唇亡齒寒，金人能在上京一役消滅遼軍二十萬精銳，一旦讓他們入居關內，大宋又憑什麼去抵擋？這事關生死存亡，望陛下深思。」

方才殿中之人還在慶幸，可是經這麼一說，不少人已是脊背生寒，沈傲說得沒有錯，金人能在短時間內崛起，甚至還在大宋沒有反應過來的時間裏，只一戰便將遼軍殲滅了大半，那麼金人的實力會是何等的可怕？

趙佶沉吟不決，臉色晦暗不定，嘆了口氣道：「聽卿一席話，倒是發人深省。」

「陛下，沈傲不過是危言聳聽而已，金人與我國會盟，約定世代友好，對付我們共同的敵人，又豈會背信棄義，與我大宋爲敵？宋遼乃是世仇，若是錯過這個時機，到時必然後悔莫及。」

按禮制規定，原本進士殿試，是不允許朝臣發言的，可是這一次對策議的是非常敏感的國事，此刻卻有人站了出來，沈傲回眸去看，竟是王黼。

王黼身為少宰，在朝廷中一直是大力支持聯金的幹將，徽宗皇帝很大程度就是聽了他的話才下定了連金滅遼的決心；因此在後世，許多人將他列為六賊之首，這倒並不是因為他平時的危害比蔡京等人更大，而是因為他影響到的這個國策，直接導致了北宋的滅亡。

沈傲微微含笑，王黼如此鼎立支持聯金，不知收受了金人多少的賄賂；不過現在的王黼已不再是歷史中的那個王黼，歷史中的王黼身為少宰，又與恩府先生梁師成相互勾結，王黼在外朝，梁師成在內朝，二人一個勁地向趙佶吹風，使得原本就搖擺不定的趙佶最終下定了決心。

可是如今梁師成已經勢弱，不可能在內廷影響到趙佶，恰恰相反，內朝之中，沈傲的岳父手握權柄，沈傲提議摒棄金宋合議，楊戩又豈會居中破壞？自然是替沈傲說話的。所以沈傲倒是一點都不懼這王黼生出什麼事來，耍嘴皮子，撞到了沈傲，也活該這王黼倒楣了。

沈傲哈哈一笑，道：「如此說來，那就更不應該與金人合議，須知我大宋早就與遼人盟誓，相約為兄弟之國，這是人所共知的事，也是真宗皇帝一力促成，當時的盟書是如何寫的，噢，對了，第一條便是遼宋為兄弟之國，遼聖宗年幼，稱宋真宗為兄，後世仍世以齒論。王大人可還記得嗎？」

王黼冷笑：「遼人無信，雖然簽署了合議，卻仍尋找各種藉口侵犯我大宋邊陲，又勒索歲幣，屢屢交惡，這盟約又哪裡算數？」

沈傲大笑：「王大人，你這話就教人聽不懂了，既然簽署了合約，遼人卻為什麼無信？這可是白紙黑字啊。」

王黼道：「契丹人本就是蠻夷，有什麼信義可言。」

沈傲正色道：「那麼王大人認為金國是禮儀之邦了？」

王黼一時愕然，道：「金……金人也是蠻夷。」

沈傲嘆了口氣：「這就是了，遼人是蠻夷，所以沒有信義，金人也是蠻夷，王大人又為什麼言之灼灼地肯定金人不會撕毀盟約，在消滅遼國之後不會繼續南侵？遼人可怕，金人更加可怕，遼人若是南侵，我大宋尚可與他爭個勝負，若是金人南侵，莫非王大人要親自掛帥保衛汴京嗎？」

王黼訝然，想不到自己竟中了沈傲這毛頭小子的圈套，一番話竟將自己繞了進去，一時無言以對，冷冷地道：「哼，我說不過你。」

沈傲很真誠地笑道：「王大人不必如此謙虛，是王大人故意承讓而已，學生明白的。」

王黼不再搭腔，心中想，待這殿試結束，自己再去和陛下說，與他在這殿中爭個什麼！

沈傲繼續道：「王大人品性高潔，滿朝上下人所共知，就比如大人收了金人的禮物，其實也不過是爲國蓄財罷了。」

「胡說八道！」王黼大怒：「你不要血口噴人，本大人哪裡收了金人的禮物？」

「咦？沒有嗎？哪一個來使到了汴梁不要送些特產給朝中諸位大人的？王大人身爲少宰，難道就一點土產也沒有收到？這倒是奇怪了，據我所知，這是一條不成文的規矩，除了那凶橫的遼人，人人有份的，王大人激動個什麼？」

這句話倒不是沈傲胡說，使者到了汴京，拜訪一些重要人物，送些土產是一條不成文的規則，幾乎人人有份，算是禮尚往來的一部分。

立即有幾個與王黼不睦的官員道：「沈學士說得沒有錯，這是定制，微臣等人確也收受了一些土產，都是些人參之類的特產。」

沈傲笑道：「王大人這是做賊心虛嗎？莫非金人送王大人的不是土產？咦，你的臉怎麼紅了，哎呀呀，王大人，你不要生氣嘛，是不是長白山的人參吃多了，虛不受補？或者是王大人與金人之間真有什麼不可告人的事不幸被學生言中，羞愧難當？王大人不必羞愧，收個幾萬貫的禮物算什麼，陛下爲人最是寬厚，是不會降罪於你的。」

王黼氣急了，這朝堂上是什麼場合，這個傢伙居然胡說八道，一口一個禮物，明顯是要栽贓了，大怒道：「我哪裡收了幾萬貫的禮物，你莫要血口噴人！」

「抱歉，抱歉，原來在金人眼裏，王大人還不值幾萬貫，那麼一萬貫總該是有的吧？哎，王大人不容易啊，這麼大的官兒，一萬貫就被人收買了，哼，那些混賬金人，我大宋乃是天朝上國，堂堂少宰，他們就是多一個子兒也不肯出嗎？真是豈有此理，下次不要讓我撞見了他們，見了他們一定要好好批評、批評，告訴他們這汴京城幾十年來物價飛漲，行情早就漲了，莫說是一萬貫，就是十萬貫，也別想在大宋朝中養出一條爲他們說話的狗來。」

王黼氣的渾身顫抖，隨即掩面大哭，道：「陛下，沈傲如此欺辱微臣，微臣忠心耿耿，可昭日月，微臣……微臣不活了……」他眼珠子一轉，便急促促地往殿中柱子要撞過去。

「不好！王大人要畏罪自殺，快攔住他！」沈傲大聲驚叫，倒是讓殿中響起一陣哄堂笑聲。

立即有幾個與王黼交好的官員使命將王黼攔住，王黼大叫，雙手向天：「陛下要給微臣做主啊……」

王黼在那邊要尋死，幾個心腹去攔他，其餘人有作壁上觀的，有冷眼以對的，還有幾個，乾脆暗暗竊喜。講武殿是朝議重地，今日倒教他們開了眼界，堂堂少宰要去尋死，還是被個新晉的進士逼著要死要活，真是百年難遇。

沈傲那一句王大人要畏罪自殺，讓王黼心裏叫苦，從前只有他給人栽贓，沒想到今日老馬失蹄，讓一個毛頭小子耍弄得團團轉，現在拉不下面子，又有幾個人拉著，便一心一意地要往柱子那兒衝，這戲演到現在有點兒苦澀，卻不得不把全套做足。

「夠了！」趙佶一拍御案，臉色晦暗不明地怒斥一聲，道：「沈傲，你欺辱大臣，在這大殿之上出言無忌，成何體統？還有王黼，沈傲一向胡說八道，你和他計較什麼？要死還不容易嗎？」

這一句話看上去是在罵沈傲，其實卻隱含著各打五十大板的意思，真是叫王黼委屈死了，連忙抹著眼淚道：「陛下，臣該死……」說罷，灰溜溜地退回班中去。

趙佶的目光落在沈傲處，沉默了片刻，道：「沈傲，你方才的話也很有道理，朕要再思量思量，退朝吧。」接著起身站起，甩了甩袖子，疾步走了。

趙佶回到後庭，仍是心亂如麻，收復燕雲的大好時機，難道真要錯過？可是……沈傲說得也沒有錯，收復了燕雲，守不守得住也是個問題，一旦金軍入關，非但燕雲十六州難以保全，就是大宋，也難免要直面這個強大的對手。

趙佶對金人的強大，其實早已生出了畏懼之心，遼人如此可怕，可是在金人面前卻是不堪一擊，哎，何去何從，是擺在趙佶眼前的最難的抉擇。

楊戩已小跑著追了過來，道：「陛下，問策還沒有結束……考生還在那裏等陛下揭曉甲次……」他小心翼翼地看著趙佶，後面的話不敢再說了。

趙佶不置可否地道：「朕問你，若是與金人合議，金人會背盟嗎？」

楊戩想了想，道：「沈傲說得沒有錯，遼人是蠻夷，背棄盟約如家常便飯，金人也不是禮儀之邦，若是侵宋對他們有好處，他們難道會恪守著盟誓嗎？」

趙佶嘆了口氣：「你說得對，說得對。哎，燕雲十六州……」

楊戩道：「陛下退出來時，倒是聽沈傲也說過燕雲十六州，說是有時候，只需談判就可取回什麼的，這些話奴才恰好聽到了隻言片語，卻不知他到底故弄什麼玄虛。」

「談判？」趙佶哂然一笑，燕雲十六州是歷代君王如鯁在喉的一根刺，談判就能得到，實在是笑話，對楊戩道：「將沈傲叫來，朕有話和他說。」

楊戩應了，去外朝尋了沈傲，二人一道進了後庭，此時趙佶已平復了心情，坐在涼亭上，望著遠處的萬歲山發呆，見沈傲來了，朝他招招手：「來，坐。」

沈傲不客氣地坐下，道：「想必陛下現在的心情定是很不好，微臣也知道，這對陛下來說是一個大好的時機，可是報仇與我大宋的利益相比，孰輕孰重？我想以陛下的智慧，一定能明辨是非。況且遼人與我大宋主要的仇怨，便在那燕雲十六州，微臣倒是有一個主意，或許可將幽雲十六州唾手可得。」

趙佶道：「你說說看吧。」

沈傲道：「遼人比誰都清楚，一旦宋金會盟，後果是什麼，一邊是國破家亡，一邊是割地，雖然遼人兩個都不喜歡，可是後者對於他們來說，卻是好的結局。目前契丹人還沒有被金人逼到山窮水盡，所以我們現在提出這個條件，他們自然不會允許，可是一年半載之後呢？須知金人咄咄逼人，如風捲殘雲之勢席捲遼境，契丹人失了龍興之地，退守關外，背後是我大宋，北面是金人，西面是虎視眈眈的西夏，已是陷入了絕地。若是我猜得沒有錯，契丹人的選擇只有一個，就是盡力地安撫西夏和我大宋，專心一意與金人在長城一帶對峙。可是一旦長期開戰，以契丹日衰的國力，又失去了向我大宋、西夏索要歲幣填補軍費，他們能夠支持多久？」

趙佶面色一動，道：「至多不過兩年，除非他們橫徵暴斂，可是眼下他們要抵禦金人，更該安撫南院，若是過於殘暴，只怕不必金人，各地的民變便可教他們死無葬身之地。」

沈傲點頭：「他們只有一個選擇，一方面向大宋求和，另一方面籌借錢糧，我大宋可以給，若是斷了他們的糧餉，金人入關，對我大宋也是心腹大患。不過這錢也不是白給的，陛下明白我的意思嗎？」

趙佶深以爲然，不割地就要亡國，割地或許還有一線生機，若是讓他選擇，他寧願選擇後者。

沈傲笑了笑道：「不過，現在還不是恰當的時機，不到山窮水盡，契丹人是不會輕易鬆口的，陛下現在只需要模稜兩可，一邊與金使眉來眼去，另一邊也不要冷落了遼人，不管是金人要我大宋出兵，還是遼人要我們出糧，陛下只需拖延時間就可以了。另一方面，北方遲早會生變，我大宋也不能全無準備，當務之急，是整頓三衙，勤練禁軍，隨時做好萬全準備。」

沈傲不過是個新晉的進士，這些話，本是沒有資格說的，只是沈傲熟知趙佶的性子，遇到了大事，他一向不問朝臣，反而願意聆聽近臣的意見，這也算是導致歷史上這個昏聵皇帝悲劇的重要原因之一。

趙佶頷首點頭，道：「沈卿說得很好，朕還要再想一想，這樣吧，你去看看安寧帝姬，她這幾次身子又差了一些，叫太醫去看，卻也說不出個原因來，你去試一試吧。」

沈傲知道要說動趙佶並不容易，趙佶還在考慮，逼得太緊，反而會讓他生出反感，因而也不再說了。

每次進宮，去看安寧公主已成了沈傲必備的功課，連忙應承下來，隨著楊戩一道去安寧公主的寢殿，楊戩先進去通報，沈傲方才踱步進去，安寧今日的氣色確實有些不好，沈傲先是行了禮，對安寧道：「聽說殿下又病了，學生特意來看看。」

安寧公主頷首點頭，蒼白的臉色紅潤了一些，道：「是我父皇叫你來的嗎？」

沈傲說了是，安寧滿是遺憾地道：「我聽說你叫父皇再給你賜一道婚，要娶國公府的周小姐？」

沈傲想不到安寧突然說起這個，便道：「我與表妹早有情意的。」

安寧公主淡然頷首，看不出她的表情是喜是怒，只是道：「我有一件事要請教你。」

沈傲道：「帝姬但問無妨。」

安寧公主道：「爲什麼你賜婚的都是妻子，我聽宮裏人說，一個男人的家裏是不能有這麼多妻子的，這是禮制；更何況，妻子多了，這家裏的女主人也就多了，家裏又由誰來管理呢？」

沈傲哂然一笑，道：「公主這話倒是有意思，既然是一個家，就該和和睦睦，你讓一點，我讓一點，又何必一定要有個人來管著？莫不是這家是管出來的嗎？至於什麼禮法，我是不在乎的，別人怎麼看我不重要，重要的是我能開心就好。」

安寧公主眼眸中升騰起一團水霧，似是在沉思沈傲的一番話，道：「你說得對，其實有些時候，我很羨慕你，你能去做自己想做的事，不必去顧及別人的想法。你能坐過來一些嗎？」

沈傲想了想，看了一旁不吱聲的楊戩一眼，楊戩朝他默默搖了搖頭，示意他不要和公主太親近。

沈傲忙道：「殿下，我還是站在這裏和你說話更自在一些。」

安寧公主豈會看不到楊戩方才的警告，對楊戩道：「楊公公，我有些話要和沈傲說，你能暫避一下嗎？」

楊戩很是爲難地想了想，只好嘆了口氣道：「咱家在外頭候著。」隨即舉步出殿。

這寢殿之內，只剩下了安寧和沈傲，二人對視一眼，氣氛有些怪異，安寧朝沈傲招了招手：「現在楊公公走了，沈傲，你過來吧。」

沈傲只好過去，在安寧的榻前坐下，道：「不知道帝姬有什麼話要見教。」

安寧公主撲哧一笑：「爲什麼見了我，你就這樣的拘謹？難道我很可怕嗎？」

沈傲心裏苦笑，暗暗腹誹著想，拘謹？自己是想放開一點，可你爹不同意啊，你爹喜怒無常，昨天還和本公子勾肩搭背，今天又叫沈卿了，若要他知道我離你這樣近，非把我閹了不可。本公子就是智商再低，總不能因爲想佔你這棵海棠的小便宜，放棄掉一個花園吧。

沈傲正色道：「你是帝姬，我是臭書生，學生豈敢冒昧。」

安寧便道：「其實我寫了一個曲兒，想給你看一看。」

她掏出一方手絹來，遞給沈傲，沈傲接過手絹，手絹上寫了許多蠅頭小字，看了看，上面寫著：「薄衾小枕天涼。乍覺別離滋味。輾轉數年月，起了還重睡。畢竟不成眠，一夜長如年。又怎奈、深瑣紅牆。」

沈傲看了這詞兒，手有點兒打哆嗦了，這……這是情詞啊，按照這位公主老爹的理論，情詞就是淫詞，而且還是安寧作的，到時候洩露出去，依著那趙佶的意思，多半是說自己把他女兒教壞了。

這首詞很簡短，可是寓意十分明顯，詞中說的是秋天來了，天氣有些涼，到了夜晚，作者輾轉難眠，感受著離別的滋味。這個離別滋味，除了男女情愛，還有什麼？只是這公主夜裏惆悵感傷的人兒是誰呢？沈傲有點兒酸酸的，任誰在美女面前聽到美女在思念另一個男人，只怕都有這種感受。心裏不禁想，若是本公子知道這男人是誰，一定去給皇帝打小報告，把他閹了進宮來做太監，哈哈……

安寧道：「沈傲覺得這詞兒如何？」

沈傲連忙將手絹兒遞還，道：「帝姬不必問學生，學生什麼都不知道。」

安寧蹙眉道：「沈傲是害怕嗎？」

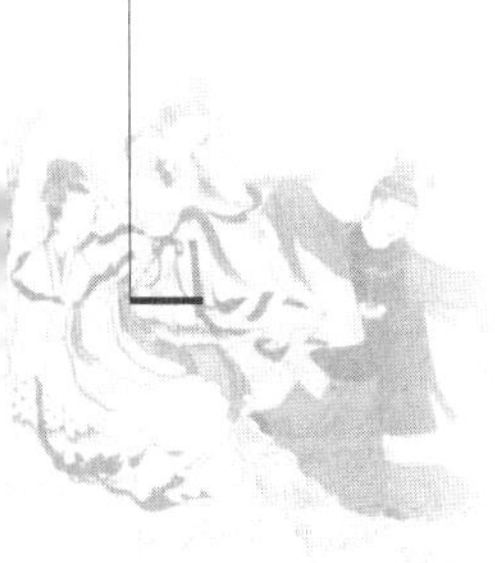

沈傲坦言道：「確實是害怕，陛下已經警告過學生，咳咳……」

安寧眉宇舒展開，陡然又笑面如靨起來，握住手絹兒道：「方才沈傲還大義凜然要摒棄禮法，怎麼此刻卻又是怕了，原來你方才是吹牛的。」

沈傲也不爭辯，道：「其實我明白帝姬爲何近來身體不好了，哎，夜不能寐對身體的傷害很大的。」

對這個多愁善感的女孩，沈傲其實是很同情的，多情的少女卻深處禁宮，除了感傷離愁之外，悶也悶得慌。

安寧輕輕地瞥了沈傲一眼，櫻口輕啓道：「沈傲就沒有夜不能寐的時候嗎？」

沈傲搖頭：「學生和殿下不一樣，我是粗人，腦子裏永遠想著怎麼樣讓我的家人過得好，所以都是倒頭便睡，第二日醒來，總覺得有理不完的事要做。哎，勞碌命啊！」

感嘆一聲，繼續道：「帝姬何不抽空多出去走走，這後宮的地方不小，散散心也好，如果嫌這裏小，不如我去和陛下說，看看陛下能否同意你出去轉轉。」

安寧笑了笑：「沈傲在這裏陪我說話，我的心情就好了。」眼波一轉，道：「上一次我那樣對你，你是否生氣了？」

生氣？沈傲才想起來，上一次他來見安寧，安寧只淡淡地和他說了幾句話，便淡漠地叫他回去覆命。

沈傲哂然一笑：「學生怎麼敢生公主的氣，再者說，人都有喜怒哀樂，帝姬不高興的時候，不願意與人說話也是常有的事，就是我生氣的時候，也不願意和人說話的。」

安寧聽了沈傲的話，喜滋滋地道：「你這樣說，我就安心了，其實這幾日我也責怪自己，你並沒有得罪我，我爲什麼要用那樣的態度來對你。」

沈傲不置可否，總覺得安寧的思維有點兒渙散，問東問西的，讓他回答得有點費力，心想：他是來給她治病的，現在這個半吊子醫生卻成了心理醫生，哎，真是情何以堪。

抬眸看了看安寧，這個多情的少女滿臉都是溫柔，滿身盡是秀氣。只見她抿著嘴，笑吟吟地斜眼瞅著自己，膚白如新綠鮮菱，薄唇抿了抿，與沈傲的目光相對，低聲道：「沈傲，你看我做什麼？」

咦？就許你看我，不許我看你？沈傲怦然心動，心裏大叫不好。這公主夜裏思念的人不會是……慘了，慘了，要給閹割的。

沈傲嚇了一跳，眼觀鼻，鼻觀心，正襟危坐，再不敢和安寧眉來眼去。

安寧低聲呢喃道：「可惜沈傲不能夜裏入宮，這宮裏的月兒很美，這幾日月兒尚圓，若是能與沈傲在亭中賞月，也不失爲一件樂事！」

「我恨月亮！」沈傲心裏不由地吶喊。眼見安寧這般多情的姿態，那口中吐出來的字眼猶如仙音，美眸中水霧騰騰，一臉嚮往之色。不自覺地嘆了口氣，隨即靈機一動，道：「不如這樣，我來爲殿下作一幅畫吧。」

安寧喜道：「沈傲的畫技無雙，我在宮中早有耳聞，今日倒是想見識見識。」

沈傲心裏想，用水墨作畫雖然意境極好，卻難免失真，這般的女孩兒，還是用水彩來作畫更好。便問安寧有沒有水彩，安寧只是搖頭。

沈傲左右逡巡，目光落在靠牆的妝奩上，上頭倒是有不少的胭脂水粉，他心裏呵呵一笑，便去尋了筆墨來，又去拿了一些胭脂、顏料，鋪開紙，想了想道：

「哄個少女，還是用中西合璧的畫風比較好。」

心裏想定，立即便想起幾個後世的畫家來，這些畫家一直探索中西合璧的畫法，已有小成，只不過他們所研究的畫技雖然新穎，可是不管是意境還是其他方面，都差了許多，頗有些不倫不類。雖是如此，在外行人眼中還是頗有觀賞性的，糊弄小公主問題不大。

沈傲先是上了水，隨即開始潑墨，過程很簡單，寥寥數十筆，深夜的群山之上，一輪淒美的月兒冉冉升在半空，沈傲沾了些胭脂，開始爲月兒上色，可惜沒有顏料筆，毛筆又顯得偏軟，況且又是水墨，沒有鉛筆去素描打底，因而上色有點艱難。胭脂水粉也必須調製，加了少量的水進去，使之更加均勻，忙了小半個時辰，安寧走過來看，眼眸一亮道：「這月兒好美。」

沈傲渾身都是顏料，髒兮兮的，笑道：「哪裡，哪裡，殿下過譽。」

這幅畫其實非常簡單，只是黯淡的山水，佈局中主要凸顯的是當空明月，月兒昏黃，嬌美絕倫，猶如身禁月宮的嫦娥仙子，寂寞清苦，寒蟬淒切。

安寧抿嘴笑道：「沈傲，這一幅畫能送給我嗎？」

沈傲頷首點頭：「既然作出來，自是贈給殿下的。」

安寧歡喜無限地道：「我一定將它裝裱起來，看了這月兒，就能想到沈傲了。」自覺失言，安寧小心翼翼地望了沈傲一眼，心兒跳得快極了，臉上不由地染了一層紅暈。

沈傲臉色如常，一副充耳不聞的樣子，似是沒有聽到安寧的話，才教安寧褪去了幾分羞澀。

「陛下怎的來了？」殿外傳來楊戩的聲音，不消說，這是楊戩在宮外給沈傲通風報信了，他故意扯高了聲音，便是要叫裏頭的沈傲做好準備。

沈傲坦蕩得不以爲意，將這畫小心吹乾，等到趙佶除去了通天冠和冕服，身穿著一件圓領的錦衣進來，安寧便歡快地迎過去，帶著一絲撒嬌的聲音道：

「父皇，快看，沈傲給兒臣畫的月兒。」

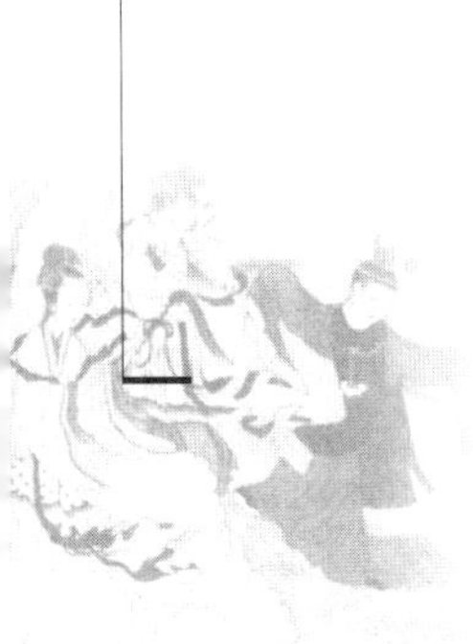

趙佶饒有興趣地踱步到案前去看畫，笑呵呵地道：「不錯，不錯……」隨即便挽著安寧道：「安寧的病好些了嗎？看來朕請的這個醫生倒是不錯。」深望了沈傲一眼，隨即又道：「沈傲，病也治了，陪朕出去走走。」

沈傲頷首點頭，朝安寧道：「沈傲告退。」

安寧眼眸中閃過一絲不捨，隨即笑道：「沈傲不必客氣。」

隨著趙佶出殿，離那安寧的寢殿越離越遠，趙佶突然回眸，板著臉道：「你作的那是什麼畫，哼，邪門歪道！」

在趙佶眼中，那所謂中西合璧的畫，實在是不堪忍睹，方才在安寧那兒，自然不好發作，此時顧不得許多，怒氣沖沖地道：

「以後再不許做那等標新立異之事，好好的一個畫師，不要淪做了畫匠。」

沈傲連忙告罪，心裏倒也明白趙佶為什麼這般生氣，書畫作的是一種意境。換句話說，這時代的畫師，都秉持著一種以山為德、以水為性的內在修為意識，如山水畫，講的是一種咫尺天涯的視覺意識，讓人從中體味畫中的意境、格調、氣韻。

作畫就是修身，所以古人作畫，技藝只是其次，重要的是氣，這種氣看不到，摸不著，卻體現在畫中，那種千山萬壑的氣韻，既是一種視覺的體現，更代表了畫師自身的思想和自身的修為。

那中西合璧的畫，糊弄糊弄小女孩可以，可是在趙佶看來，這畫實在不堪忍睹。

趙佶嘆了口氣，道：「你出宮去吧，朕知道，你只是想逗安寧開心一些，朕看她氣色確實好了一些，你功不可沒。」

沈傲頷首點頭，告退出去。

待出了正德門，沈傲才鬆了口氣，想到方才安寧的嗔態，心裏頭空蕩蕩的，遠處的劉勝駕著車子還在那裏等候。

他本是接沈傲來的，可是等散了朝，問策結束，許多官員都出宮了，唯獨不見表少爺的身影，心裏頭有點兒著急，足足等了許久，才看到沈傲頂著落日徐徐出來，欣喜地迎過來問：「表少爺，殿試考得如何了？」

沈傲笑了笑：「不知道，這一次殿試至關重要啊。」說著上了馬車。

這一句話一語雙關，劉勝自然不明白，可是沈傲心裏卻再明白不過，眼下殿試的成敗不再關乎著他一人的榮辱，更關乎到了整個國策的走向，所謂的問策，並沒有唯一的答案，這個答案，只存在於皇帝的心中，若是趙佶認同聯金，那麼幾個要求北伐的進士自然會被提點為第一，若是認同觀望，程輝就能拔得頭籌，自己要做這個狀元，除非趙佶能夠採納自己的意見，左右權衡，認為自己的對策最好。

所以，誰是狀元已不再是簡單的提點了，甚至與整個大宋的國運息息相關，只是趙佶到底會作出什麼樣的選擇呢？

談做的事，沈傲自覺已經做了，他嘆了口氣，有些疲倦，在這車廂輕輕的搖晃之中，已是昏昏欲睡。

第一二四章
天子門生

殿試的答案，並不是單純的放榜出來，而是由聖旨頒發出來，

既表示對參與殿試的進士優渥的態度，

另一方面，也是給予進士們一種顯赫的超然地位，

所謂天子門生，並不止是口頭上說說而已。

過了幾日，消息便接踵傳出來，殿試的答案，並不是單純的放榜出來，而是由聖旨頒發出來，既表示對參與殿試的進士優渥的態度，另一方面，也是給予進士們一種顯赫的超然地位，所謂天子門生，並不止是口頭上說說而已。

據說吳筆那邊已經接了旨意，說是賜進士及第。這個旨意出來，自然是皇帝對吳筆在殿試中的表現並不滿意，吳筆並沒有爭取到前三，至於幾個老進士，也紛紛得了旨意，也都是進士及第。

也即是說，這科舉的狀元、榜眼、探花將在沈傲、程輝、徐魏三人之中決出勝負，這三人中，程輝對的是觀望，徐魏主戰，沈傲則是反對與金人媾和，三個對策完全相反，其中程輝的問策最是中庸，坊間流傳他得狀元的希望最大，此外，徐魏的對策在坊間也得到頗多人的認同，反倒是沈傲，頗有些不受人待見。

其實殿試的對策早就流傳出來，北伐是許多人的夙願，自然是鼎立支持，至於什麼金人的威脅，又有幾個人去管去顧，說穿了，普通人只想著衣食住行，哪裡會想得這般深遠。而沈傲也不過是個普通人，他之所以能看清這一點，只怕也只是源於那段慘痛的歷史教訓。

若不是對歷史有所瞭解，只怕沈傲能做到的，最多能有程輝那般的冷靜就已經相當不錯，很大的可能會與徐魏一樣，成為主戰的鼓吹者。

回到府裏，就是周恆對沈傲也頗多不解，氣呼呼地回來，對沈傲一陣質問，自然是說遼人如何欺負宋人，又問沈傲爲什麼不但不聲援伐遼，反而力主抗金，沈傲只是哂然一笑，這幾日是不好出門了，只好在家中老老實實地待著，既不去分辯，也不與人爭吵。

到了八月二十五，那聖旨姍姍來遲，門子遠遠地看到宮中來人，立即入內報信，好在府上都知道聖旨早晚要來，都及早做好了準備，因而也不慌亂。

來人是個穿著紅衣的老太監，這太監的眉眼都在笑，尤其是見到沈傲，眼珠子都亮了，耐著性子念完了帶來的兩份聖旨，才笑嘻嘻地走到沈傲跟前，將聖旨交到沈傲手裏，口裏道：

「沈公子，恭喜……」

兩份聖旨，第一份是殿試詔書，上面寫的是沈傲列爲第一甲第一名，這一甲一名，便是今科狀元，沈傲聽了，第一個反應是鬆了口氣，不只是爲自己慶幸，更是爲了這大宋。殿試第一，就意味著趙佶覺得自己的對策最好，自己的對策是拖延待變，聯遼抗金，若是這個國策施行下去，至少不會導致歷史悲劇的重演。

沈傲並不是一個老謀深算的政治家，相比朝堂裏的那些老狐狸，他差得遠了，他的對策，不過是基於歷史作出的判斷，這個國策好不好，暫時還不知道效果，不過至少可以肯定一點，那就是可以拖延金軍入關的時間。

當然，這個國策之所以被趙佶採納，大概有兩個方面的原因，一方面自己渲染金軍的強大，確實起到了一定的效果，趙佶本就是個太平皇帝，若說他胸中有什麼萬丈豪情，那是騙人的，他不過是個十分普通的好人，卻不是一個好皇帝，所以當知道金軍不好惹，聯金不過是與虎謀皮，單單這一條，已經足夠讓他產生畏懼之心。

此外，楊戩在內朝的作用也是功不可沒，歷史上的王黼之所以說動趙佶，無非是因為有梁師成在內朝為他奔走，而眼下，內朝之中只有楊戩能夠說得上話。楊戩一向對國政一知半解，沒有主張，自然不會提出自己的意見，那麼偏幫沈傲，為沈傲說話自是情理之中的事。

聽了第一份聖旨，沈傲的心中百感交集，沒有那種能夠影響到大宋國策的喜悅，反而是一種慶幸，可以想像，一旦趙佶選擇了徐魏，或者選擇了其他人的意見，那麼自己就算是今科狀元，待那金兵殺至，其後果是什麼，自是不言而喻。

鬆了一口氣，隨即又喜滋滋起來，因為第二份詔書，提及的是賜婚的事，自然是趙佶履行承諾，為周若頒發了詔書，另賜了個五品誥命。誥命雖是虛銜，既無薪俸也沒有特殊的待遇，卻也是一種榮耀。

接了旨意，沈傲對來宣旨的公公道：「請公公內堂安坐。」又悄悄地塞了一張錢引給他。

公公卻不敢接，笑嘻嘻地道：「沈公子不必客氣，這錢就不必了，能爲沈公子跑腿，咱家歡喜還來不及呢。」

沈傲的錢他可不敢接，這公公倒也不傻，若是讓楊戩知道了，往後還要在宮裏頭混嗎？那是找死！

公公又連忙行了個禮，道：「咱家趕著回宮裏交差，沈公子，恭喜了，咱家告辭。」引著隨來的幾個禁衛，落荒而逃。

周府上下自是喜氣洋洋，新科狀元是何等的榮耀，再說小姐也討了個誥命，雙喜臨門，一面去給國公報信，一面做好接客的準備。

這個消息很快就傳了出去，道賀的人也很快地來了，這種事兒得趕早，晚人一步就教人搶佔了先機，祈國公的故舊，朝中一些走動較近的大臣，還有沈傲的同窗，國子監裏的學正和一些胥長，至於唐嚴和博士是不會來的，得沈傲親自提著禮物去拜訪，哪有學生中了狀元要老師來道賀的道理。

因而沈傲這邊也收拾得快，立即準備了禮物，先去各博士家拜謁，這是尊師，是禮儀，沈傲就是再如何摒棄禮法，這個禮是萬萬不能摒棄的。到諸博士那裏轉了一圈，將禮物放下，還要磕頭，說恩師教誨，學生永世難忘之類的話。

給博士們磕頭，沈傲的抗拒心理倒是不大，天地君親師嘛，這是規矩，別人都能遵守，爲什麼他不能遵守？難道穿越來的就高人一等，都有王八之氣？

最後一趟去的是唐家，唐家離得遠，因而趕到時，這裏已經聚了不少人，都是聽說唐家新姑爺中了狀元的，就等著瞅這一幕好戲。

唐夫人抱著手在籬笆門外神采飛揚，一面說：「喂喂……劉家嫂子，你能不能讓一讓，我家女婿馬上要來謝恩，你擋著門做什麼？莫非也想沾上幾分文氣？一邊兒去。」又對人道：「沈傲這個女婿很有孝心，從不忤逆我的，莫看他今日中了狀元，見了老身還得乖乖地叫一聲……」

眾人哄笑。

裏頭的唐嚴覺得面子拉不下，想把唐夫人扯回來，省得她到外頭胡說八道，可是礙於自己畢竟是祭酒的身分，若是說不動她，到時候在這外頭鬧將起來面子不好看，今日是大喜的日子，不能攪了喜慶。眼珠子一轉，目光落在一旁看書的唐茉兒身上。

唐茉兒今日聽了喜訊，倒是顯出幾分矜持，很有大家閨秀的作派，唐嚴很是滿意，便對唐茉兒道：「茉兒，你到院子外頭去，把你娘叫進來，就說叫她快些燒茶水，到時候人來了，只怕沒有茶喝。」

唐茉兒道：「爹，茶水早就燒好了。」

唐嚴只好道：「那便叫她來，我有幾句話要囑咐她。」

唐茉兒放下書，盈盈地笑了笑，便輕舉蓮步去院子裏叫唐夫人進來，她一出來，便有人哄笑：「狀元夫人出來了，快看。」

唐茉兒臉上飛出一抹緋紅，很是尷尬，加緊了步子，剛剛接近唐夫人，便看到遠處有人過來，人群呼啦啦地過去，紛紛道：「快看，快看，是狀元公。」

唐夫人大喜，大叫起來：「沈傲來得這般早，都讓讓，讓讓，給沈傲留路。」

唐茉兒如受驚的小鹿，嚇得花容失色，連忙灰溜溜地回屋裏去了。

唐嚴也聽到外面的動靜，見唐茉兒捲簾進來，急促促地往閨房裏去，便也不及多問了，立即咳嗽一聲，心裏想，這婆娘算是丟死人了。拿起唐茉兒放在桌上的書，板著臉，一副淡定從容的樣子，就等著沈傲來拜謁磕頭。

過不多時，先是唐夫人進來，邊捲簾子還邊笑：「沈傲啊，你可知道師娘足足等了你半個時辰，師娘的腿都有些麻了，我先坐坐，待會給你燒茶。」

唐嚴屹然不動，仍舊心不在焉地看著書，心裏大是慚愧，這婆娘會不會說話啊，哪裡能和人說他們在等沈傲？他唐嚴是師，沈傲是生，只有沈傲急著來磕頭謝恩，哪裡有他們等的沈傲著急的？哎，家門不幸！

唐嚴心裏萬般的詆毀，可是當著唐夫人，卻絕不敢責怪半字，否則依著唐夫人的秉性，非要吃了他不可。

沈傲進來，連忙小跑到唐嚴腳下，拜下道：「學生得中恩科，全拜老師所賜，恩師如父，老師教誨，學生畢生難忘，請受學生三拜。」

唐嚴握著書，只微微頷首，道：「好，你能中試，與你平日的勤懇分不開，坐下吧。」面色不動，猶如老僧坐定，仍舊捧著書來看，連正眼都不看沈傲。

這便是恩威並施，既是師長，就要有威嚴，先用威嚴來震懾一下，讓沈傲不要因為中了狀元就得意忘形，等威嚴擺得差不多了，再如沐春風，施之以恩情。

唐嚴眼睛落在書上，等著沈傲說話；一旁的唐夫人有點兒不滿了，心裏想，人家好心來拜謁你，你擺這個架子來給誰看，老東西，哪有這樣折騰自家的女婿的，正要埋怨幾句。卻聽沈傲道：「唐大人在看什麼書？」

唐嚴又咳嗽一聲，面容緩和了一些，聽他這一說，倒也好奇起自己看的是什麼書，方才只是拿書來裝裝樣子，於是連忙翻到書面一看，這一看，臉色頓時有點兒不好看了，這書面上端莊地寫著《女誡》兩個字，連忙將書放到一邊，看了沈傲一眼，見沈傲似笑非笑，一時也無話可說。

於是唐嚴連忙裝模作樣地教訓了沈傲兩句，沈傲心猿意馬地聽了，卻是豎著耳朵在聽那閨房裏的聲響，裏頭的唐茉兒偶爾傳出幾聲輕咳，不知是身體小恙還是給自己傳遞訊息，便也咳嗽幾聲看看反應。

結果這一大家子，上到唐嚴，下到沈傲、唐茉兒都在咳嗽，等那唐夫人端了茶水來，倒是對女婿關心得很，連忙問：

「沈傲是不是病了？哎呀呀，就是小病也不能耽誤，有空去叫個大夫來看看，我們六安坊裏有個姓曾的大夫醫術不錯，要不要叫他來看看？」

沈傲不敢再咳了，隱約聽到閨房裏傳來唐茉兒銀鈴般的輕笑，連忙對唐夫人道：「不妨的，不妨的，只是略染風寒。」

陪著說了幾句話，象徵性地喝了口茶水，唐嚴便道：「只怕周府的客人已經不少了，你早些回去，莫要待慢了賓客。」

沈傲點了點頭，朝唐嚴行了個禮，便打道回府。

馬車到了周府，那門前停駐的車馬已堵了一條街，心知是不能往正門走了，只好從後門進去，穿過幾道牌坊下了車，遠遠便看到劉勝急匆匆地過來，道：「表少爺，公爺回來了，說你回來了就快去迎客，賀喜的客人太多，已經招呼不過來了。」

沈傲穿到門房去，與周正打了個照面，周正正在招呼石英等幾位公侯，只和沈傲頷了個首，二人便分別待客，連說話的機會也沒有。

來道賀的，大多只是打個轉，說幾句吉利話便走，有一些關係較深的，會進去坐一坐，喝幾口茶，一直忙到黃昏，這才消停了一些。石英等幾個還在正堂高坐，想必今日是打算在這裏留飯了，還有那個上高侯，上高侯吳武原本和祈國公府走動得並不勤快的。

說起來，這王侯之間也不完全是鐵板一塊，大致可以分爲兩撥，一撥屬於開國公侯，這些開國公侯的家族世受國恩，表面上好像並不會延續爵位，可是往往朝廷都會有優渥，老公爺死了，兒子雖然爵位遞減，可是過不了多少年，你只要稍稍立下一點功績，又可以加封，所以這些家族長盛不衰，再加上在軍中頗有影響，枝繁葉茂，可算是朝中一股不可小覷的勢力。

至於第二種王侯，則多是皇親國戚，有的是家族有人做了皇后，因而加封的爵位，有的是立下了大功，給予的恩蔭，譬如這上高侯，便是哲宗朝太后出自吳家，隨後吳家又娶了公主爲妻，這才生下的吳武，吳武算是鐵桿子的皇親國戚，因此剛剛成年，便先到邊鎮鍍了金，沒過幾年便封了個侯爵。

沈傲自然知道這吳武是感謝上一次自己爲他解了圍，便教他和石英等人坐在一起，待客人盡皆散了，才和周正二人回到正堂去招呼客人們喝茶。

這中狀元雖然喜慶，可是到了這個時候，沈傲只有一個感受，累，累得直不起腰來，彷佛有無數的事圍著他轉，一個個笑臉如走馬燈一般圍著他轉，反正記不起誰是誰，一個勁地接受道賀。

喝了口茶，與石英幾個閒聊幾句，石英道：「沈傲，如今已中了狀元，你可有什麼想法？」

想法？沒有啊，沈傲腦子亂糟糟的，還能有什麼想法，便問：「請郡公示下。」

石英呵呵笑道：「吏部那邊已經上了奏疏，今年兩百多個進士都要委任官職，你是狀元，自然要尋個好去處，據說陛下的意思是想叫你去杭州，可是呢，又有點舉棋不定，因爲杭州那邊暫時沒有實缺，倒是西京那邊缺了個萬年縣的縣令，萬年縣乃是赤縣，去了那裏，倒是比去杭州好得多了。」

西京就是長安，算是大宋的直轄府，而縣城又有劃分，一共是赤、畿、望、緊、上、中、下七個等級，一般是京都所治的縣爲赤縣，京都之旁的縣爲畿縣，其餘的則按戶口的多少分爲望、緊、上、中、下五級，赤縣的官員往往升遷最快，且品級較高，因爲是直接和京兆府打交道，因而上司不是知府，而是直接與三品的京兆府府尹轄制，像萬年這樣的縣，可以說就是一些公侯的子弟考中了進士也不一定能夠爭搶到。

在石英、周正這些人的眼裏，第一次入仕，自要萬般的謹慎，石英向沈傲說起這個，大有一副要爲沈傲奔走的意思，只要沈傲點了這個頭，這萬年縣的縣令便非沈傲莫屬了。

見沈傲神色不動，石英心裏想：「莫非這小子不喜歡去西京？」上下打量了沈傲一眼，見沈傲一副風流倜儻，便有些忍俊不禁，心裏想著，他莫不是一心想去杭州？蘇杭乃是文采薈萃之地，才子佳人自是不少，年輕人愛到那裏去湊熱鬧，也是人之常情。想了想，便道：

「其實杭州那邊也有差事，府下有一仁和縣缺縣丞、縣尉一名，你若是想去，也可以去試試。其實你深得聖眷，不管是去杭州還是去西京，都只是磨礪，多則幾年，少則一年之後還要入朝的，你自己思量。」

沈傲的心思倒是簡單，寧願去做縣丞、縣尉，也不去長安做縣令，官哪裡都有得做，去西京有個什麼意思，那京兆府裏的官兒比狗還多，是人都比縣令的官兒大，在那裏就好像在汴京做京兆府府尹一樣，表面上是三品大員，其實連個屁都不是，隨便大街上砸死個人，說不定就是二、三品大員。

與其如此，倒不如去杭州好好玩一玩，那裏雖然遠了一些，官小一點，可是官不多啊，就算是個縣尉，在縣裏也算是說得上話的人物。

這還是其次的，仁和縣沈傲打聽過，雖說離杭州不遠，卻也不近，不必去看杭州知府的臉色，再者說了，一個知府總比一個府尹好，知府算不上什麼大官，自己是從國公府裏出來的，只怕這知府也不會爲難自己，在杭州瀟灑幾年，回到汴京，自己又是一條好漢。

心裏美滋滋地想了想，板著臉道：「郡公，學生還是想靠自己去試一試，不管是縣令還是縣丞、縣尉，也不管是朝廷發配去哪裡，對學生來說，都無所謂的。」

這一番話表面上冠冕堂皇，石英便知道他的心思了，呵呵一笑道：「你有這般的志氣，自然再好不過了。」

周正道：「眼下當務之急，還是完婚之後再說，成家立業，才能收收心。」

石英便笑：「賢侄娶四個妻子，只怕這士林早已惹起非議了，不過也不必管他們，嘴長在他們身上，賢侄獨樂即是。」

這句話說到沈傲心坎裏，笑嘻嘻地道：「郡公說得對。」

石英又去和那上高侯說了幾句話，這上高侯莫看他魯莽，在郡公面前卻是不敢放肆的，畢恭畢敬之極，眾人就在周府用了飯，這才各自散去。

黃道吉日已經選定，六禮也已經送出，籌辦的婚禮也都差不多了，現在就等上門迎親。這幾日，沈傲腰桿子挺得直直的，那唐家和楊家都派了人前來商議，沈傲一口咬定不能挨家挨戶去迎親，一天去迎四門親，打個來回就要一兩個時辰，這四個老婆還沒有進門，天都黑了。他堅持新娘子全部在一個地方等著，而後他再帶人過去，統統接到新

宅子裏去。

兩個受託來談親事的自然不肯，其實他們也知道，這妻子要一門門地迎走，只怕一天也辦不完，可是不到家裏迎親，又難免壞了規矩。

商議了許久，也尋不到個辦法來，最終還是夫人拍板，先將新娘子全部送到祈國公府來，由沈傲迎著他們到新宅去。

這是個折中的辦法，唐、楊兩家也就不再說什麼了，商議得差不多了，新宅也早已修葺完畢，沈傲親自去看了看。

這裏距離國公府倒是不遠，走路也不過一炷香的時間，佔地不小，只是比不得國公府氣派，裏頭的裝飾都還尚可，既不花俏，也不失別致，前堂分爲正廳、偏廳、耳室、書房以及角落裏一排的下人房。過了前堂，便是後園，是家眷的住處，七八棟閣樓在樹蔭中連成一片，拱衛著一片花園，人工建了個小溪，溪水淙淙，自花園和涼亭邊流過，這麼大的屋子，沈傲這一大家子倒是夠用了。

沈傲糊裏糊塗地在新宅轉了一圈，等他出來時，腦子還是有點兒稀裏糊塗，看了怎麼和沒看一個樣，自己就是現在進去，若是沒有人帶路，只怕只有迷路的份了。心裏腹誹一番，又高興起來，這裏從此就是自己的家了。

這宅子裏已經有了門房和粗使丫頭，廚子和雜役也都是夫人親自選的，如今仍在清掃，娶了親回來就可以直接入住。

朝廷那邊的任免詔還沒有下，沈傲一門心事撲在成親上，到了九月初三的清早，空氣中薄霧騰騰，沈傲一大早便被人拉上馬車，昏昏欲睡地抵達新宅，隨後又是沐浴、換衣，劉勝在旁伺候著，倒是沒有出什麼差錯。

再過了些時候，樂手、花轎、彩禮、伴隨都已經準備好了，穩穩地停在外頭。

到了傍晚，周恆、吳筆一些親近的人也都紛紛過來，就等新郎去接新娘，沈傲裝飾出來，這一身新郎官的衣衫，倒是和官服有些相似，胸口還戴著大紅花，對鏡一照，有點滑稽，又有點喜慶，他喜滋滋地對著銅鏡笑了笑，捲起了袖子，道：「劉勝，接你的少奶奶們去。」

劉勝立即唱了個喏，一邊道：「少爺，這袖子不能捲起來……對了，還有扇子，扇子……」

沈傲舉步出了新宅的大門，外頭人頭攢動，都是來捧場的，周恆大呼：「人來了，來了……快扶新郎官上馬。」

一干人一哄而上，將沈傲圍住，這哪裡是扶人上馬，分明是……

沈傲大叫：「打劫啊……你們還有沒有天良，連新郎官都不給面子。喂，不要摸了，我身上一個銅板都沒有帶……」

好不容易擠開人群，翻身上了一匹雪白的高頭大馬，後頭的鼓樂便響起來了，後頭的四座八抬大轎，還有各種舉著誥命、進士及第之類紅牌的儀仗也紛紛跟了一路，再後面就是一些彩禮了，足足四輛車，兩道都是跟隨迎親的一些至交好友，有同窗，有殿前司的朋友，還有幾個邃雅山房結識的文士，眾人嘻嘻哈哈地跟在沈傲後頭指指點點，不是說他帽子帶歪了，便是說他騎馬的姿勢不對。

沈傲才不理會他們，催動坐下的白馬，一路往祈國公府而去。

第一二五章
齊人非福

他捂著臉，悲劇啊，原以為自己如狼似虎，抱著周若時固然有一股衝動，

可是腦海中總是揮之不去三雙眼睛在旁默默注視，那股欲火頓時消得無影無蹤。

原以為左擁右抱會是一件很痛快的事，想不到……

祈國公府的賓客更多，非但如此，而且還極爲怪異，這外頭有戴著范陽帽的禁軍軍官，有穿著緋衣紫袍的官員，連公公都有好幾個，大宋朝不管內朝還是外朝，能來的全部來了。

公公們也喜慶啊，這些都是來拍楊戩馬屁的，楊公公的女兒結親，內朝早就鬧翻了，一個個咬著牙送喜錢，十貫、二十貫、一百貫都有，當值的出不來，那是沒有辦法的事，一些不當值的，便紛紛借著名頭向楊戩請假出宮，楊戩自是巴不得越熱鬧越好，自然是放行的了。

沈傲翻身下馬，立即被人攔住，嘻嘻哈哈地恭賀、品評一番，這才肯放沈傲進去。其實對結婚的程序，沈傲是懵然無知，反正就是暈乎乎地聽人擺布，先去後廂裏請了四個披著紅蓋頭的夫人，一人牽著四根紅綢子拉著四位夫人出來，望著四位亭亭玉立，披著蓋頭的夫人，沈傲更是懵了，到底哪個是哪個啊，自己都糊塗了，不管了，先拉著回了自己的宅子再研究。

迎著四個貌美如花的夫人回到新宅，因爲沈傲沒有父母，因此便由周正和周夫人代勞，那楊戩也要湊趣，說反正沈傲沒爹沒娘，這高堂咱家也要做一做。他這一胡鬧，便教唐嚴不滿了，死太監佔便宜，不能便宜了他，乾脆也躋身進來。倒是那春兒的舅父、舅母不敢說什麼，可是其他人都去了，自也不能冷落了他們，反正多一個不多。

沈傲拉著四個新娘到了正堂，經人指點，又完成了幾道繁瑣的程序，高坐在堂的周正、周夫人、楊戩、唐嚴、唐夫人，還有那春兒的舅舅、舅母一字排開，當真嚇了沈傲一跳，哇，這麼多高堂，怎麼平時不覺得多呢？心裏有些發虛，先是拜了天地，隨即又是拜高堂，對拜，一套禮儀鬧到午夜才終於完成了，接著便是入洞房去。

沈傲期待已久，不等其他人提示，拉著四根紅綢子，牽著夫人們便走。

紅燭冉冉，四個人披著蓋頭坐在紅粉帷幔之後的榻上，沈傲被人拉了去喝酒，洞房裏的氣氛有一點點怪異，誰也沒有說話，四個人都可以聽到身邊傳來的呼吸，若不是披著蓋頭，只怕所有人都要羞死了。

反倒是蓁蓁見多識廣，心裏雖有幾分羞澀，卻還是低聲道：「我叫蓁蓁，諸位妹妹叫什麼？」

這句話的聲音很輕，蓁蓁的聲音本就如銀鈴一般好聽，洞房裏的沉寂突如其來地打破了，接著傳出春兒的聲音：「蓁蓁姐姐，我聽沈大哥提起過你呢。」

那一邊周若道：「爲什麼蓁蓁是姐姐，我們都要做妹妹？」

唐茉兒的聲音最是端莊，輕笑道：「坐了半宿，也不知外面的情形如何了。」

四人七嘴八舌，說了許多話，周若乾脆取下蓋頭來，呼吸了幾口新鮮空氣。

過不多時，急促的腳步聲傳來，周若嚇了一跳，又將蓋頭披上，這洞房之中瞬時變得靜籟無聲。

門被輕輕推開，一人踱步進來，蓁蓁從蓋頭下的縫隙往下看到了紅色喜服的下襬，猜到來人是沈傲，心裏有些毛毛的，又有些歡喜，其餘三人也都屏住呼吸，不敢吱聲。

平時見了沈傲，這四人誰也不覺得羞怯，可是今日卻不知如何是好了，縱是蓁蓁，雖然早與沈傲有了肌膚之親，此時心裏也不禁如小鹿亂撞。

沈傲不急著去掀她們的蓋頭，而是去房中牆角的櫃中尋東西，唏哩嘩啦地翻了一陣，隨即抱著五六根木棒出來，他坐下，咳嗽一聲，口裏噴吐著酒氣，卻沒有醉，虎著個臉，猶如與人有殺父之仇、奪妻之恨，將一根根木棒往四個夫人的手裏塞。

「咦?這是什麼?」春兒最先接到一根木棒，心裏滿是疑惑，想掀開蓋頭來看，卻又不敢。

沈傲將木棒分發完畢，低聲道：「諸位夫人，咳咳……從此往後我們就是一家人了，一家人不必客氣，不過現在，有人欺到我們沈家頭上，諸位夫人看看該如何辦?」

周若終是沉不住氣，掀開蓋頭，臉頰上染著一層紅暈，抬眸一看，沈傲已是握住了一根木棒，大義凜然，這哪裡是入洞房，倒是一副行軍打仗的架勢。嫣然一笑，想說什麼，卻又覺得有點兒不好意思。

「啊……抱歉，抱歉，居然忘了給諸位夫人掀頭蓋了。」沈傲訕訕地笑，小心翼翼地將其他三女的頭蓋都掀了，見四對清澈含羞的眼眸看過來，心裏忍不住有些激蕩，狠下決心道：「隨夫君出去，打好埋伏。」

蓁蓁微微一笑，滿是嫵媚：「埋伏做什麼？春宵一刻，又不知你在打什麼鬼主意。」

「夫人啊……」沈傲解釋道：「你想想看，今日是洞房花燭是不是？我方才敬酒時，早就看到不少人不對勁了，都是拿一副色迷迷的眼神瞧著爲夫，想想看，他們接下來會做什麼？」

沈傲一拍大腿，咬牙切齒地道：「若爲夫猜得不錯，待會兒我們吹熄了燈，他們就躲在那門外窗沿下頭聽我們……」

四女臉色更是紅艷無比，一齊啐了一聲，道：「世上哪有這般沒臉沒皮的人。」

咦，她們不信？沈傲正色道：「我這叫以己度人，若是別人娶妻，我也會去鬧洞房的，想想看，連爲夫如此正直高潔之人都不能免俗，那些凡夫俗子還能做出什麼好來？諸位夫人聽爲夫一言，莫要一失足成千古恨，到時在外頭等著，到底有沒有賤人來聽房，一看就知。」

所謂不怕一萬就怕萬一，沈傲這個以己度人，倒不是空穴來風，春宵一刻值千金他如何不知，可是做慣了大盜，早就養成了防人之心不可無的心態，不先將一群賤人趕跑，心裏總是堵得慌，就是現在入洞房，心裏頭也是空落落的。

蓁蓁見沈傲拍了板，心裏想，不管有沒有人，嫁雞隨雞，嫁狗隨狗，那麼便該聽夫君的，便道：「沈郎，我們是女眷，多有不便，還是你獨自在外候著吧，若有動靜，我們再去幫你。」

沈狼？沈傲嚇了一跳，哥哥是狼嗎？哥明明是羊啊。想了想，頓覺蓁蓁所說有理，提著木棒出去，回眸道：「諸位愛妻等我回來，待我將他們殺個片甲不留，再和你們共赴……那個，那個，那個……」還沒說完，人已消失不見。

眼見沈傲這瘋瘋癲癲的樣子，周若撇撇嘴，道：「這個時候他還胡鬧，哼……」

春兒道：「小姐莫要怪沈大哥，若是真有人在外頭，往後我們該怎麼做人？」春兒話音剛落，臉便嫣紅了。

其實這四人哪一個心情都緊張得要死，不知下一刻要面對什麼，即便是蓁蓁，也覺得心虛莫名。

方才被沈傲那般一鬧，倒是少了幾分羞澀，又七嘴八舌地道：「你說待會兒真的會有人潛進來嗎？若真是這樣，那就太可怕了。」

「這等事，還是以防萬一的好。」

「……」

春兒的性子較爲懦弱，一向是惹人憐愛的。唐茉兒端莊大方，令人起敬。唯獨是周若仍有些大小姐的脾氣，頗有幾分機鋒。而蓁蓁最懂察言觀色，說幾句好話兒，謙讓一下，周若自然更好相處了。

四個女人一台戲，雖說四人之間爭搶一個丈夫，可是一旦熟悉了對方的性子，各退一步，自然多了幾分親近。

四人正說得起勁，突然聽到外頭的沈傲大叫：「什麼人，鬼鬼祟祟！」接著便是一陣怒斥棒打聲，有人哎喲地叫：「不要打，不要打，是我，是我，我是王……啊呀……我的腰，我的腰，我的腰折了。」

蓁蓁生怕鬧出事來，連忙跑去外頭看，其餘三人也追了出來，這慘淡圓月之下，一個黑影佝僂著腰蹲在地上氣喘吁吁，沈傲提著大棒，尙在洋洋得意，見四位夫人出來，哈哈一笑道：「跑了一個，不過這個倒是被我抓了個現行。」

蓁蓁道：「夫君，算了吧，今日是大喜的日子，打了一棒也就是了。」

沈傲扶著下巴正在思考，那人好不容易忍著疼痛直起腰來，怒斥道：「沈傲，你好大的膽子！」

咦，聲音有點耳熟，借著月光，沈傲打量這人一眼，臉色一變：

「皇……皇上……」

趙佶拚命咳嗽，顯然身分被拆穿，也有點兒尷尬，畢竟這也不是什麼光彩的事，只好虎著臉道：「哼，晉王說要帶朕來散散心，誰知竟帶朕來了這裏，上了他的當，待朕回去，一定好好教訓教訓他。」

說罷，負著手，擺出一副威嚴的樣子，冷冷地看了沈傲一眼：「你的膽子很大嘛，若不是朕及早亮出身分，你是不是要將朕打死？」

沈傲連忙將棒子拋開，訕訕一笑：「陛下，微臣哪裡知道你會來？微臣還以爲你在宮裏作畫呢，方才喝酒時也沒有見到你。」

見沈傲這般模樣，四個夫人俱都吃吃地笑，這一下總教他搬石頭砸到自己的腳了，紛紛朝趙佶福了福道：「見過陛下。」

趙佶臉色緩和下來：「免禮。」眼睛又落到沈傲身上，吹鬍子瞪眼道：「朕就不許來喝你的喜酒嗎？朕是微服私訪，豈能大搖大擺地讓你看見？哼，到時再收拾你。」

留下一番狠話，大搖大擺地走了，雖是走得自然，可是趙佶心裏還有點兒發虛，被晉王拉來鬧洞房，這是他平生第一次，結果落得這般結局，若是被人知道，定會教人笑話。

「好，這件事就當沒有發生過，誰也不能說，也不能透露出去，沒有發生過，沒有發生……」趙佶心裏默念著，消失在夜幕中。

沈傲和四個嬌妻目送趙佶離開，沈傲便笑了起來：「好像這裏還躲著一個人。」

唐茉兒道：「不是說跑了一個嗎？人都已經跑了，還有誰來？」

沈傲找了找，終於從一片花叢中揪出一個人來，這個人竟是女人，被沈傲揪住了耳朵，嚇得花容失色，低聲哭泣道：「疼……疼……我……我錯了……」

這世上只見過男人來鬧洞房，沒有聽說過哪個女兒家也來鬧的，沈傲一點也不客氣，上下打量著這小女孩兒，虎著臉道：「郡主要不要解釋一下？」

原來躲在花叢中的，正是清河郡主，小郡主撫摸著耳朵，滿是委屈地道：「好，我解釋，是我爹帶我來的。」

「你爹？」沈傲無語，晉王啊晉王，你這傢伙真是瘋了，拉了皇帝和女兒來鬧洞房，倒是教人開了眼界，這傢伙油滑得很，一見大事不妙，獨自先溜了去，可惜今日沒有抓住他。

小郡主道：「我在後園裏陪著女眷有點無聊，就跑到前堂去玩，恰好撞見了我爹和皇上往這邊來，我看著新鮮，想看看他們到底要做什麼，於是就跟了來，我……我什麼都不知道啊，沈傲，你不要這麼凶好不好？」眼淚在眼眶裏團團打轉，既委屈又可憐，好像受害者是她，反倒沈傲成了壞人似的。

唐茉兒立即上前去安慰她：「沒事了，沒事了，你是小女孩兒不懂事，沈傲不會怪罪的，沈傲，對不對？」

當著老婆的面去欺負一個小女孩，沈傲臉皮還不夠厚，心裏總覺得這小郡主在博取同情，卻又無可奈何，只好道：「好吧，不追究她，快走，再不走就要追究了。」

郡主楚楚可憐地朝唐茉兒道了一聲謝，雙肩微微地還在顫抖，顯得害怕極了，往回走了幾步，接著發足狂奔，一下子消失不見了。

「這小郡主屬兔子的啊？」

回到廂房裏，氣氛又有些拘謹起來，還是沈傲大方，看著床榻前一排兒坐下的四個嬌妻，心裏大樂，坐在四人中央，解下自己的外衫，道：

「快睡吧，睡吧，天色這麼晚了，咦，怎麼睡呢？喂喂……，爲夫有言在先，你們的夫君是很純潔的，讓我一人陪著你們四人睡，我的壓力很大的。」

周若便道：「那你就別睡了。」

沈傲乾脆將燈燭熄了，摸黑湊近周若，一把攬住她的小蠻腰：「爲夫正有此意，春宵一刻值千金，睡了可惜。」

遺憾的是，黑暗之中看不清周若的面容，只聽周若大羞道：「這……這裏有人！」

蓁蓁幾個便輕笑起來，沈傲板著臉道：「有的都是自家人，怕個什麼？」他喝了些酒，摟住了周若，便不再鬆開了，擁她入懷，耳鬢廝磨。

蓁蓁幾個又笑，沈傲的手不老實了，探手要去摸周若的小臂，被周若打開，呵呵一笑，又沿著身體的縫隙去襲她的前胸，周若氣得瑟瑟做抖，又驚又羞，道：「你……要做什麼？」

這一句話顫抖地說出來，讓沈傲在黑暗中嘆了口氣，放開周若，一屁股坐在榻上。

蓁蓁道：「夫君是怎麼了？等等，我去掌燈。」

沈傲道：「不，不要掌燈，我害羞，臉紅，沒臉見人，邊上有人看著，放不開！我，我居然不夠淫蕩，我居然還懂得羞恥，哎……」

他捂著臉，悲劇啊，原以為自己如狼似虎，抱著周若時固然有一股衝動，可是腦海中總是揮之不去三雙眼睛在旁默默注視，那股欲火頓時消得無影無蹤。

原以為左擁右抱會是一件很痛快的事，想不到……

周若咯咯地笑了起來，啐了一口道：「你這般說，好像是我不懂得害羞，有臉見人似的。」

洞房裏頓時響起一陣銀鈴般的笑聲。

「早知如此，就不該把新娘子都安排在一起了，一失足成千古恨啊。」沈傲心裏暗暗惋惜，道：「我們都坐著，說說話吧。」

這個提議倒是頗得夫人們的認同，春兒道：「現在可以掌燈了嗎？」

沈傲道：「不要點燈，我還是很害羞。」

唐茉兒道：「不如我們去小亭那兒賞月吧，那裏清靜，也無人打擾。」

沈傲搖頭：「我愧對諸位夫人，還是不要出門好了，就在這裏。」

眾夫人又笑，實在想不到沈傲平時既然風流又大膽，總是一副油滑的樣子，今日卻比她們還要緊張，說著便紛紛坐下來，你一言我一語地隨性閒聊。

沈傲只是呆坐，有點不甘心，趁著黑暗，悄悄地去摸唐茉兒的腰肢，傷風敗俗的事不敢做，摸摸新娘子總是壓力不大吧，反正又沒人瞧見。

唐茉兒觸到沈傲的手，渾身如電擊一樣，既不敢叫，又不能拒絕，待那一隻手越來越大膽，竟是隔著衣衫漸漸攀升上去，她的臉上早已紅得滴血，好在這裏黯淡無光，倒是並沒有人注意到。

這一夜也不知是怎麼睡的，待沈傲被人叫醒，發現自己身側空無一人，想起昨夜的失敗，不由地搖了搖頭，丟臉啊，丟臉，自穿越以來，沈大公子何曾丟過這般的臉，隨即他又振奮精神，不怕，不怕，今夜分房睡，只是先和誰補課好呢？不行，得先研究研究！

出了門去，便有人說夫人們叫他去用餐，沈傲伸了個懶腰，抬頭看了看天色，秋高正爽，新生活即將開始，沈傲心裏漸漸歡快起來。

到了餐廳，便看到四位夫人早已預備好了碗筷，桌上擺著炊餅、肉粥，唐茉兒見了沈傲有點兒羞澀，道：「夫君請用餐。」

沈傲絕口不提昨夜的事，大喇喇地坐下，一面道：「你們怎麼不吃？吃吧。」

四位夫人都是懂規矩的，沈傲動了筷子，她們才一個個矜持地吃起來。

昨夜大家都還聊得痛快，今日彼此相見，卻又多了幾分尷尬，沈傲不以為意，人都有一個適應的過程，慢慢地磨合也就好了。

用過了餐，便帶著夫人們回門，先去周府打了個轉，隨即又是唐府、楊府，就是邃雅山房，也都轉了個圈回來。

在邃雅山房用過了午飯，回到新宅，眾人都有些倦了，沈傲便催促大家各回房去睡覺，今兒一早，四個夫人的閣樓都已經收拾好了，直接入住即可，春兒道：「那沈大哥去哪裡睡？」

沈傲板著臉道：「還叫沈大哥？」

春兒只好羞澀地道：「夫君。」

沈傲滿意地頷首點頭，背著手，微微抬起下巴，如天山雪蓮一般的高潔無瑕，渾身散發出一股聖潔之氣，道：「為夫要去看看書，雖說是新婚，但是學問不能荒廢，學而時習之，溫故而知新，這是孔聖人的教誨，我輩但凡有良知的讀書人都不能忘記。你們好好去小憩一會吧，我先去書房讀書。」

眾人聽罷，也都不便打擾沈傲，紛紛回自己的閣樓去歇息。沈傲興沖沖的去了書房，先撿出一本書來看了片刻，咦了一聲，口裏喃喃道：「夫期之夕死可矣，而道猶不易聞，況其不然者哉！這是什麼意思？不行，我得去向我的夫人討教一二。」

抱著一本書，又回到後園，躡手躡腳地觀望了一會，悄悄去敲唐茉兒的門，唐茉兒剛剛睡下，聽到有人敲門，心中一緊，問：「是誰？」

沈傲道：「夫人，為夫有個問題要討教。」

唐茉兒頓時明白，只好拉開門去，沈傲如狐一般鑽進去，連忙教唐茉兒合上門，將書拋到一邊，笑嘻嘻地道：「我這叫調虎離山，省得讓人看見，說我冷落了她們，其實我最疼愛的，自然是茉兒了。」說罷，一把攬住唐茉兒。

唐茉兒羞答答地道：「你騙人，那為何昨夜你第一個摟著的是周小姐？」

若說女人不吃醋，那是騙人的，就算和睦相處，這心裏頭豈能沒有一點點芥蒂？沈傲自然明白，否則也不會偷偷溜進來，若是光明正大地進來，被其他夫人看見了，就算嘴裏不說，心裏也是不舒服的。

沈傲呵呵一笑，道：「你和若兒在我心目中一樣重要。」

沈傲聞著唐茉兒身上體香，體內的欲火升騰起來，給予唐茉兒一個深吻，貼合著那新鮮欲滴的櫻唇，感受到懷中那小美人兒的微微顫抖，忍不住地打量唐茉兒一眼，茉兒的新娘妝還未卸去，凝脂般的雪膚之下，隱隱透出一層胭脂之色，雙睫微垂，一股女兒羞態，嬌豔絕倫。

一個長吻，唐茉兒美眸微微闔上，嬌喘一聲，便如無骨一般躺在沈傲的胸前，低聲呢喃道：「夫……夫君，我能再叫你一聲沈公子嗎？」

沈傲緊緊地摟住他，道：「你便是叫一百聲我也樂意。」

「沈公子，我當日第一眼見到你，聽了你在外與我父親對經義，心裏便在想，有這般才思的人，到底是什麼樣子的？」

沈傲知道女兒家較爲感性，因而也停住了動作，笑道：「那麼茉兒見了我後，又覺得我怎麼樣呢？」

唐茉兒嗔怒道：「很讓人討厭，尤其是你那笑容，讓人很不自在，好像什麼人落在你眼裏都被你看穿了一樣。」

這一聲嬌嗔，讓沈傲又心猿意馬起來，伸手探入唐茉兒酥胸，隔著衣物小心撫弄：

「我現在就要徹底地看穿你！」

將她斜抱著上榻，放下輕紗帷幔，春光乍泄開來，那白脂一般的肌膚乍然出現在沈傲眼簾，沈傲忍不住輕吻上去，唐茉兒的嬌軀仍在顫抖，求饒道：「夫君，夜裏好嗎？白日讓人撞見了，將來怎麼好做人？」

沈傲只笑了笑，爲她脫下褻衣，嬌媚的春色在眼前，教人心動。沈傲並不急於開門見山，上下其手，撫弄一番，唐茉兒緊張極了，閉著眼，嬌軀顫抖得更厲害，到了後來，漸漸有些醉，嬌聲低呼……

翻雲覆雨之後，二人赤裸相擁，沈傲有些倦了，見唐茉兒的痛苦還未褪去，也不肯睡，陪著她說話，初爲人婦的唐茉兒多了幾分成熟的風韻，教人看得心動極了。

唐茉兒躺在沈傲的胸膛上，似在聽沈傲的心跳，卻又像是假寐，突然道：「沈公子……我和蓁蓁相比，誰更美一些？」

沈傲的精神剛剛鬆弛下來，渾身說不出的舒暢，聽了這句話，立即警覺，連一秒都沒有考慮，立即道：「論風韻，茉兒和蓁蓁旗鼓相當，可是論氣質，還是茉兒更勝一籌，我最愛的便是茉兒這般端莊大方的氣質，舉手投足之間，猶如天地之間有浩然正氣……」

咦，沈傲心裏大叫不妙，說氣質怎麼說到浩然正氣去了？連忙改口道：「總而言之，蓁蓁美，茉兒更美，這兩種美是不同的，旗鼓相當，不過，我更喜歡茉兒的美，就像那超然脫俗的仙子一樣。」

與唐茉兒相擁著說了幾句話，唐茉兒漸漸睡了，看著茉兒酣睡的模樣，那小巧的鼻尖下櫻唇微微突起，猶如初生的嬰兒，沈傲的心中有著萬般的不捨，但還是悄悄地起床穿了衣衫，心裏自哀自怨道：「這是勞碌命啊。」

趕回書房去，看了一會兒書，下午有幾個訪客來，是一些昨日當值不能及時來賀喜吃酒的朋友，今日特意來拜訪的，送上了賀禮，小坐片刻便告辭回去了。

到了傍晚，楊戩悄悄地溜來了，他今日穿著的是常服，門子認得他，直接放他進去，將他帶到書房，一見沈傲，楊戩便劈頭蓋臉地道：

「你……你好大的膽子，連皇上也敢打，現在陛下還躺在文景閣裏臥床不起呢！真要出了事，你擔待得起嗎？」

沈傲一臉委屈地道：「我哪裡知道是皇上，黑燈瞎火的，一個鬼鬼祟祟的人影突然溜進來，小婿一看，這還了得，於是……」

楊戩嘆了口氣，沈傲親自去給他斟了茶，楊戩沒喝，而是繼續道：「陛下倒是沒說什麼，只是說你膽子太大，讓我好好教訓教訓你，咱家和你形同父子，又怎會教訓你，咦，你看咱家做什麼？莫非咱家說得不對。」

對啊，是半子啊！汗，居然成了楊戩的半個兒子，不過他說的倒也無可挑剔，自己是他的女婿，不就是半子嗎？不過說出去有那麼一點點不好聽罷了。

沈傲道：「說得對，岳父大人繼續說。」

楊戩便道：「問題就出在晉王那裏，陛下要尋晉王算賬，晉王先一步畏罪跑了。」

「跑了？」沈傲無語，有必要跑嗎，皇帝是你的親兄弟啊。

第一二六章
九品芝麻官

後園裏，四位夫人圍攏著沈傲，蓁蓁、周若、唐茉兒都露出一絲不以為然之色，
沈傲看三位夫人的樣子，心裏也有些發虛，
忍不住想，人家蔡京、歐陽修、王安石、司馬光皆是縣尉起家的呢，
不至於如此遭人鄙視吧？

楊戩又是嘆氣：「陛下還想責怪他幾句，見他一跑，又怕出事，連忙派人四處尋找，至今都沒有尋到人呢！」

沈傲想了想，道：「晉王只怕是躲躲風頭罷了，說不定過個幾天又回來了。」

「但願如此吧。」楊戩幽幽地說了句，顯得有些心神不寧，顯然宮裏頭出了這等事，他這個內相的日子也不好過。

頓了一會兒，又繼續道：「眼下陛下對晉王是無可奈何，想要教訓他，又怕惹得他做出什麼更聳人聽聞的事來，可是不聞不問，又總不是個辦法。還有那清河郡主，竟跑到宮裏去說自己的爹沒了，要尋陛下要爹，還說大內存了一本顧愷之的《畫雲臺山記》，要陛下將這本書賜給她，她才不去找爹爹，哎，她去添個什麼亂啊，那本畫論是陛下的心頭肉，豈肯給她？這幾日宮裏頭一點都不安生。」

沈傲忍俊不禁，《畫雲臺山記》是顧愷之留存於世的三本畫論之一，彌足珍貴，這小郡主真是獅子大開口，八成她和那晉王早就合謀好了，一個隱匿，一個出來索要財物，明明是晉王做了錯事，眼下這光景，他們一大家子倒想討賞了。

沈傲道：「宮外頭不是有人看守嗎？叫她不許進宮就是了。」

楊戩瞪眼道：「你要不許她進宮，你信她敢不敢翻牆？若是翻牆摔著了怎麼辦？再者說，就算被禁軍逮著了，誰又敢拿她？這件事要讓欽慈太后聽了隻言片語，陛下怎麼交代？欽慈太后只有兩個兒子，一個是陛下，一個是晉王，晉王又是弟弟，晉王只此一女，太后又豈會不寵愛，真要鬧將起來，傷著了郡主，說不準太后在後宮裏收拾了行李，要出宮搬去和晉王住，陛下能怎麼辦？」

楊戩自覺失言，竟將後宮的糗事說了出來，連忙噤聲，尷尬一笑：「哎，不去管他們，反正陛下那本《畫雲臺山記》是斷然保不住了。」

沈傲不由地在心裏偷笑，原來晉王會離家出走這一招，就是太后也喜歡玩這套把戲，他可以想像，那太后對趙佶說著你們兄弟之間尚且不睦，你只此這麼個弟弟，卻這般地待他，罷罷罷，老身還是出宮去和晉王住的好，你做你的好皇帝之類的話，想必趙佶早就嚇得魂不附體，拼命認錯了。這一大家子，還真沒有一個善類，如此說來，趙佶還算是好的。

楊戩隨即正色道：「沈傲，宮裏已經擬定了下來，七個進士之中，你、徐魏、程輝、吳筆、畫青五人外放，其餘二人入朝，原本陛下只肯讓你和程輝、徐魏三人外放的，說吳筆較爲木訥，乾脆直接入秘閣罷了。倒是這吳筆的爹四處活動，陛下又念他爹是老臣，因而特許他外放出去。

「至於那畫青，這人你可要小心，此人不簡單，據說中試之後，立即去拜謁了蔡京，蔡京竟是親自爲他奔走，總算取了個外放的資格。反正現在外放，除了西京，就是蘇杭；不過還要等旨意下來再說。

「入仕第一步，都是縣令、縣丞、縣尉這般的官職，其實在哪裡都一樣，只要咱家還在宮裏頭，多則一年，少則數月，就盡快想法子將你調入朝中來，若是朝中沒有空缺，做個知州、轉運使倒也不錯，你的前程有這麼多人爲你奔走，又有聖眷在身，倒是不必擔憂，外放出去走走也好。」

沈傲心裏明白，就算中了進士及第，入仕的第一步也極爲重要，比如這外放和入朝，表面上入朝更清貴一些，可是在大宋，卻有一條不成文的規矩，一旦科舉之後便入朝的，幾乎一輩子都沒有出頭之日，奮鬥二十年，至多一個秘閣或者集賢院學士，看上去官兒大得嚇人，其實在汴京城裏沒幾個看得上。

大宋的官制最是複雜，官和職還有差遣都是分離的，比如沈傲那個四品侍讀學士，只能稱之爲階官或寄祿官，和他的任職沒有關係，實際的職務又叫職事官。

那秘閣和集賢院也是如此，一個個學士、待詔大的嚇人，不是二品就是三品，其實都是虛的，尤其是趙佶上臺之後，冗員極多，一個二品階官，還比不得一個七品的縣令自在，因此，沈傲雖有個四品待詔的身分，卻不得不參加科舉，向職事官邁進。

此外，這大宋還有一個規矩，科舉之後，不管你是進士及第還是狀元公，一旦外放，第一個官職大多是七八品，運氣最好的，也不過是個六品推官，這還要極大的機遇，所以沈傲自己估計，到時候外放出去，差不多也就是縣丞的水準。就比如那蔡京，當年也是狀元出身，還不是直接放了一個錢塘縣尉，要指望一步登天是不可能的，還是腳踏實地的好。

想起蔡京，沈傲便想起一件事，道：「岳父大人，不是前些時日陛下發旨意，讓起復蔡京嗎？怎麼現在又沒有動靜了？」

楊戩呵呵一笑：「你不懂，現在對於蔡京來說還不是最好的時機，他在等，所以陛下連發了三道旨意，他都婉拒，便是不想在這個時候摻和進來。」

沈傲一時也不明白蔡京在等什麼，隨即哂然一笑，管他做什麼，現在過好自己的日子最是重要，便笑嘻嘻地遞茶給楊戩：「請岳父大人喝茶。」

楊戩站起身，道：「不必了，我先去看看蓁蓁，既然來了，總要去看看你有沒有欺負她。」說罷，便由沈傲直接帶入後園，與蓁蓁說了會話，眼看天色不早，這才回去。

這一番長談，沈傲反倒精神奕奕起來，與四個嬌滴滴的妻子到亭中賞月，唐茉兒見了沈傲，自是羞愧難當，沈傲卻當作什麼事都沒有發生過，絕口不提下午的纏綿，嘻嘻哈哈地逗弄著四位夫人，到了夜深，才終於圖窮匕見，道：

「今夜我睡哪裡？好，不妨來賭一賭。」

說著，拿出一枚骰子，看來是早有準備，笑嘻嘻地道：「一點是春兒，兩點是茉兒，三點是若兒，四點是蓁蓁，至於五點六點嘛，就不算數。」

將骰子撒下去，那骰子在石桌上飛旋，最終穩穩地落在三點上，沈傲大叫：「啊？是若兒，這樣不好啊，其實我很想陪著蓁蓁和春兒的，能不能重新來過？」

周若氣呼呼地啐了一口：「那就永遠不要進我房。」說罷，旋身便走。

沈傲呆坐不動，蓁蓁和春兒道：「周小姐生氣了，夫君，你快去哄哄她。」

沈傲道：「不好，哄了她，豈不是厚此薄彼，教春兒和蓁蓁獨守空房？這樣的事，我做不出……」眼珠子一轉，飛快地閃過一絲狡黠。

蓁蓁和春兒繼續催促，沈傲才慢吞吞地道：「好吧，看在蓁蓁和春兒的面上，我就去哄哄她。」

沈傲飛快地追到周若的房間門前拍門，裏頭的周若不應，沈傲想了想，去尋了根細樹枝來，順著門縫一捅，輕輕往上一提，裏頭的門閂便開了。

這種小把戲，自是難不倒他，踱步房中去，周若故意拿著一本書在看，沈傲笑呵呵地站在她的身後，道：「這是什麼書？」

其實周若的氣早就消了，心想自己既是過了門，方才他這樣說，定是故意要安慰蓁蓁和春兒的，只是面子拉不下，所以不好主動跟沈傲說話，只是想著跟沈傲共處一室，心兒不由地跳快了許多。

沈傲湊近了周若，那樣子似是在看周若手上的書，只是一張臉幾乎與周若貼著，在書面上掃了一眼，原來是《女誡》。《女誡》是女四書之一，幾乎大家的小姐在閨閣中人手備著一份，

沈傲笑道：「你看，連書裏都叫你不許隨便和自己的夫君生氣，若兒還在生氣嗎？」

周若嗔怒道：「誰在生氣？」指了指眼角的淚花，覺得有一點點委屈。

沈傲從後面摟住她的小蠻腰，笑呵呵地道：「你看，我若是不這樣說，她們見你獨佔了我一夜，心裏一定很不是滋味，這也是為了你好，省得讓她們妒忌你，是不是？」

周若被沈傲從身後摟著，感覺心跳得更快了，一時喘息加大，酥胸起伏不定，卻是沒有避開沈傲的懷抱，呢喃道：「你永遠都是這般不正經的樣子。」

沈傲聽了周若的話，猶如得了鼓勵，不由地在心裏念了一句：還有更不正經的呢！

沈傲專注地看著周若的俏臉，笑著道：「我們是夫妻，還分什麼正經不正經的，小妞，來給相公啵一個。」

周若滿臉羞澀地將他推開，吃吃笑道：「這樣不習慣，你等我更了衣好嗎？」

沈傲差點忍不住地就將心裏話說了出來，更衣？你不嫌麻煩啊！換了睡衣也是要脫

的，何必多此一舉啊！沈傲衝過去一把將她攔腰抱起，道：「我來替你更吧。」

手足並用之下，周若滿是羞澀，想要拒絕，心裏卻又有一個聲音讓她不能拒絕沈傲，她已經是沈傲的妻子，現在的這一切都是理所當然的，壓下心裏的膽怯，道：「夫君，我……我自己來。」

周若較之唐茉兒要大膽了一些，小心翼翼地坐起，解下衣衫，紅豔的褻衣顯露出來，與她如脂的肌膚相互成映，裙子拉高紮在腰間，露出裙內的薄汗巾和一對渾圓修長的美腿。沈傲手撫摸她的大腿內側，低頭深吻，周若嚶嚀了一聲，身上用勁，全身都緊繃起來，又逐漸放鬆，嬌喘連連。

二人相擁一起，盡情深吻廝磨，周若漸漸地放開少女的羞澀，反應逐漸熱烈起來，不由自主地摟住沈傲的脖子，回應著沈傲，額頭上漸漸滲出許多細密的香汗，那張粉臉泛起動人的艷紅，急促地道：「夫君……」

沈傲會意……

一覺醒來，又是初陽升起。

這幾日，沈傲都在新宅與嬌妻們眉來眼去，一時對外界的事物並不關心，若不是吏部來了消息，只怕沈傲還在雲裏霧裏。

今日清早，沈傲坐了車，由劉勝駕車到了吏部，到了吏部的牌坊之下，便看到吳筆幾個等候多時，吳筆、程輝幾個都在，就是那四十多歲的老進士也都笑呵呵地在尋人攀談。

原來這人就是晝青，沈傲打量了他一眼，並不說話。與吳筆見了禮，程輝也過來，道：「沈公子又來遲一步了。」

沈傲笑道：「慚愧，慚愧。」

過了一會兒，吏部的堂官請他們進去，在耳室裏安坐，一到秋闈過後，吏部上下就忙翻了，大大小小的官員要分配，有人要致仕，有人要填補空缺，這最先授予官職的，自然是進士及第，雖然秉持著宮中的意思去辦，卻也讓人頭痛得很，天下的肥缺永遠都是這麼幾個，宮中定下了調子，他們只能想盡辦法騰出職位來。

眾人進去喝了口茶，那叫晝青的似是在顯示自己的消息靈通，對那徐魏道：「徐老弟，聽說這一次你是去西京，哈哈，西京萬年縣那邊有個空缺，多半就是填補那裏了。」

徐魏似是有些看不起他，只是冷笑一聲，並不說話。

晝青臉色有些僵硬，也只好沉默不語。

過了一會兒，有個吏部的堂官來，陪著眾人說了一會話，待他們的態度都還不錯，完全是以朋友論交的語氣，若是換了授官的是進士出身，或者賜同進士出身，語氣就不會如此客氣了，畢竟在座之人都是前程遠大的人物，至多三五年之後就要入朝，當然要好言相待。

言明了規矩，堂官才道：「尚書大人立即就到，請諸位少待。」說罷，便退了出去。

再過了些時候，一個紫衣玉帶的老人踱步進來，咳嗽一聲，引起了大家注意，眾人一看，連忙見禮，這人罷了罷手，道：「你們都是後進高才，不必多禮。」頓了一下，又繼續道：「陛下已有了旨意，哪個是吳筆？」

吳筆道：「學生就是。」現在還未正式授官，因而吳筆自稱學生。

老人看了看吳筆，笑道：「你父親最近身體還好嗎？」

吳筆笑了笑：「大人，家父身體還好。」

老人頷首點頭：「你這一次授了長安縣縣丞，即日赴任。」

西京共轄長安、萬年二縣，其地位不低，能得個縣丞，已是極好的了，那裏幾乎是屬於大宋第二個政治中心，從長安縣開始入仕，不知多少人羨慕都來不及，吳筆大喜過望，道：「謝大人。」

老人笑了笑，看了徐魏一眼，道：「這位一定是徐魏了，哈哈，陛下說你是狂生，不願居於人下的，因而特意叫我們選了萬年縣縣令予你，你好自爲之吧，收斂一些，莫要讓官家失望。」

徐魏頜首點頭，拱手道：「大人抬愛。」

老人看向程輝：「程輝，老夫是見過的，這一次授你錢塘縣尉。」

錢塘是杭州下轄的縣，也是天下數得上數的肥缺，程輝連忙道：「謝大人厚愛。」

老人目光落在那晝青身上，臉色有些不太好看了，頗爲冷淡地道：

「晝青，你年歲較大，陛下原本讓你入朝的，不過蔡太師爲你多方奔走，你要謹記他的恩德，授你仁和縣縣丞，你用心去辦差吧。」

晝青立即誠惶誠恐地道：「陛下和太祖父厚愛，學生哪敢不盡心盡力。」

他一言道出，廳中之人倒是明白這吏部尙書爲何對他態度如此冷淡了，呼喚蔡京爲太祖父，這人也真夠不要臉的，竟不知拜了誰做乾爹，按這輩分，就是那蔡行也不過是呼蔡京一聲祖父，莫非這傢伙拜了蔡行做乾爹？

沈傲臉色一僵，不由地想，來到這大宋，才知道什麼叫臉皮無下限。

老人只是嗯了一聲，不再理會晝青，轉而向沈傲道：「沈傲，你是仁和縣縣尉，這是陛下欽點的。」

沈傲頜首點頭：「謝大人。」

老人有些疲倦地道：「好啦，諸位過幾日來領印符和憑引，做好上任的準備。沈傲，你留下，老夫還有話與你說。」

眾人盡皆散去，沈傲呆坐不動，待人悉數散了，這老人才起身笑道：「沈學士大婚之日，老夫還去討了杯水酒，金榜題名、新婚燕爾，沈學士好福氣。」

沈傲笑道：「大人過譽。」

老人道：「叫你留下，是因爲陛下有話要傳達，你過來……」

沈傲湊近了一些，老人道：「江南那邊屢屢鬧亂子出來，前幾年出了方臘，近幾年又有盜匪作亂，陛下想知道，這些匪患到底是如何引起的，陛下親自給你下的密旨，叫你好生觀察，可隨時秘密上疏。」

說著，從袖中小心翼翼地掏出一方黃絹，遞給沈傲：「你莫小看了這縣尉，陛下拳拳愛護之心，便是希望你深入縣境，好好磨礪一番，將來振翅沖天、鵬程萬里也不過是遲早的事。」

沈傲接了黃絹，心裏在想，這就是密旨？還秘密上疏？這皇帝是叫他去做臥底，做密探吧？

沈傲想了想，頓時明白了，趙佶所考慮的不是亂匪，而是想知道，這亂匪到底是爲何而產生，是叫自己去體察民情，有什麼事直接上疏，不需要經過中書省。

心裏又想了想，倒是頗覺得好笑，據他所知，大宋好像還沒有密摺制度，想不到這麼一來，倒是不小心開創了密疏制的先例。

老人似乎也知道沈傲這一個特權的用處之大，因而板著臉道：「你要切記，這是陛下對你的信任，切莫濫用。」

沈傲應下，將密旨收好，老人又道：

「仁和縣乃是杭州下轄縣城之一，與杭州府毗鄰，縣令叫鄭黎，他倒是個老實人，也算我的半個門生，我已寫信給他，叫他對你多多關照，不過那個晝青，你可要小心在意，此人最會巴結奉承，又是蔡京的人，你防備一些總不會錯的。」

沈傲點了點頭，深望了這吏部尙書一眼，心裏想，他為什麼要提醒自己這個？莫非是要表明心跡，向楊戩或者是衛郡公、祈國公示好？沈傲自成年後，早就不相信什麼正直純潔了，人混到尙書這般地步，哪一個不是老狐狸？他說的每一句話，都別有深意！

老人哂然一笑：「忘了告訴沈學士一句，我叫楊時，你回去問問你的老師陳濟，問他可還記得我這個老友不？」

沈傲點了點頭，心裏想，莫非這楊時和陳濟有關係？又深望了楊時一眼，揣著密旨告辭而出。想了想，又哂然了，蔡京主政，當時朝中遍佈黨羽，楊時卻是個聰明人，他的聰明就在於表明出自己的立場，不與蔡京同流合污。

須知吏部掌管天下官員的升降功考，作爲皇帝，雖然讓蔡京位極人臣，可是從本心上，也絕不願意蔡京完全掌握吏部，否則豈不是要教蔡京做第二個曹操？若是楊時與蔡京穿一條褲子，這才是他真正的末日，他能主宰吏部這麼多年，想必已有自己做官的訣竅。

待出了吏部衙堂，卻看到程輝幾個還沒有走，吳筆搶先過來，道：「沈傲，過幾日你我便要各奔東西，哎，兄台保重。」

沈傲抱抱手：「過幾年，你我再到朝中相見吧。」

吳筆頷首點頭，向徐魏相邀道：「不知徐兄什麼時候赴任，不如你我同去如何？」

徐魏想了想，點頭道：「吳兄什麼時候走，通知一聲即可。」

程輝也走近沈傲，道：「沈兄，仁和縣與錢塘縣縣治同在杭州，你我結伴而行可好？」

沈傲自然答應下來，那畫青也笑嘻嘻地湊過來，道：「兩位兄台豈能忘了我？沈傲啊，以後你我在一個縣衙辦公，嘿嘿，將來還要相互關照呢。」

沈傲朝他撇了撇嘴，並不去理他，哼！巴結蔡京也就算了，竟去做蔡京的曾孫，這麼不要臉的人，沈傲才懶得理！

見沈傲態度冷淡，畫青只是尷尬一笑，轉而向程輝道：「程老弟任了錢塘縣尉，可喜可賀啊，嘖嘖，想當年我太祖父一舉高中狀元，第一個赴任的也是錢塘縣尉，程老弟與我太祖父當真有緣，你我一定要多親近親近。」

程輝眼眸中閃過一絲不屑，道：「畫兄抬愛，這老弟二個字，程輝是不敢當的，再會。」

程輝說罷，便當先與徐魏走了，沈傲邀了吳筆同行，只留下臉色鐵青的畫青，畫青朝他們的背影呸了一聲，道：「哼，給臉不要臉！待我太祖父起復，有你們好看的。」

沈傲與吳筆沿途說了些道別的話，吳筆突然道：「沈兄，我是從未見過程輝生氣的，方才他對畫青卻是一點好臉色都不給呢！」

沈傲呵呵一笑，道：「你想想看，那畫青叫蔡京為太祖父，又稱程輝是老弟，這輩分，程輝敢當嗎？你莫看程輝這個人平時和藹，見人都是三分笑，其實骨子裏比誰都傲，不說他了，你什麼時候走，叫人來告訴我一聲，我去送送你。」

吳筆笑道：「說不定沈兄比我先成行也不一定，到時我去送你。」

新宅的後園裏，四位夫人圍攏著沈傲，蓁蓁、周若、唐茉兒都露出一絲不以為然之縣尉？

色，倒是春兒不知縣尉是多大的官兒，眼眸中閃過一絲憧憬，她如今已盤起了長髮，戴著一支鳳釵，少了幾分可愛，多了一點兒成熟，穿著一件圓領的長裙，風姿綽綽，只是那秉性仍是原先那樣，心性太好，有點兒無欲無求，反正只要夫君當官，至於當什麼官，她既不懂也不介意。

一個縣大約有三個正式主官，一個是縣令，一個是縣丞，之後便是縣尉，縣令主掌一方，縣丞是佐官，掌握文書、倉庫，至於縣尉，則分管治安。品級不高，職責卻重大。

沈傲看三位夫人的樣子，心裏也有些發虛，忍不住想，人家蔡京、歐陽修、王安石、司馬光皆是縣尉起家的呢，不至於如此遭人鄙視吧？

沈傲加重語氣道：「錯了，不是縣尉，是仁和縣縣尉！」

周若撇撇嘴：「仁和縣縣尉也是縣尉。」她出身公府，見的尚書、侍郎多了，自然不會將一個縣尉放在眼裏。

沈傲道：「仁和縣的縣尉不一樣啊，夫人想想看，同樣是縣，仁和縣戶籍有十萬，十萬是什麼概念?在其他的州路裏，有的縣也不過一千戶罷了，上了一萬戶的縣便是大縣，這仁和縣駐地就在杭州，與錢塘合爲杭州府，杭州的戶籍人口已過二十萬，二十萬戶是什麼概念，一戶爲五人，二十萬戶就是一百萬人口，夫人，這縣尉的干係很重大啊，爲夫還擔心人口太多，承擔不起如此重大的干係呢。一個縣尉分管的治安，比之人家一路、一府的推官還要多。」

蓁蓁道：「我倒是聽說杭州府很是繁華，只是二十萬戶人口聽得有些嚇煞人了，如此說來，這仁和縣比之西京的人口還要多？」

沈傲頷首點頭，道：「天下之間人口過二十萬戶的城市，也不過京城和杭州，你說西京的戶籍和杭州相比，哪個多？」

沈傲故意誇大仁和縣，便是要教夫人們不要小看了這縣尉，這大宋朝建立以來，從沒有一步登天的委任，都是先從基層做起，那些剛剛出仕就入朝的，反而前程不及外放的遠大，就是那高俅，現在身居太尉，提拔他之前，趙佶也是先叫他去邊軍鍍金的。

因此，這一趟過場，沈傲一定要走，非但要去做縣尉，而且要弄出幾分政績來，只是要遠赴他鄉，心裏有些不是滋味，在汴京城待得久了，值得留戀的東西太多，心情也有些低落。

與夫人們交代一番，又叫劉勝去打點行裝，沈傲便親自騎了馬，到祈國公府尋周正，將朝廷的任命透露出來，周正認真地爲他分析道：

「這一趟你去仁和縣倒不必有什麼牽掛，過不了多久就會有恩旨升任的，不過那個畫青，你要小心一些。你們二人一個是縣丞，一個是縣尉，唯有壓那畫青一頭，你才有出頭之日，陛下如此安排，只怕也是要拿這畫青來考校你，你好自爲之吧！」

說著又道：「此趟去杭州，過不了多久就要回朝，家眷就不必帶了，我挑幾個家人隨你去，沿途也方便一些，其他的事你自己做主吧。」

沈傲想了想，道：「岳父大人的意思是，那畫青去仁和縣不是蔡京的意思？」

周正大笑道：「眼下蔡京最緊要的是在恰當的時機起復，又何必要生出這些是非來。那畫青認賊作父，恬不知恥，走的是蔡京的門路，蔡京爲他奔走，陛下自然不能駁了他的面子，只是這任免之事皆是操縱在陛下手裏，至於陛下到底打的是什麼主意，就不得而知了。」

沈傲咬著牙道：「這個畫青，我一看他就不舒服。」

周正不置可否，突然道：「杭州那邊，公府倒是沒什麼熟人，照顧不到你，或許楊公公和唐大人那邊會給你安排好一切。」

沈傲點點頭道：「那我現在去唐府走一趟。」

第一二七章
新官上任

沈傲哂然一笑，眼看就要赴任，還被人問及是否參加秋闈的事，不由唏嘘一番，
這個時代落後的通訊讓沈傲忍不住感到鬱悶，
將來自己去了杭州，只怕寄家書也得要費上一番周折，
看來古人重離別，不是沒有原因的。

出了國公府，一路到了唐家，唐夫人見了他，滿臉笑容地道：「爲何沒有將茉兒一道帶來，我這爲娘的，倒是想念得很呢！」

沈傲道：「岳母大人若是想茉兒，便搬過去住個一年半載也不打緊。」

唐夫人便笑：「老身倒是想去小住，無奈何那死鬼不肯，說什麼哪有去女婿家住的道理，哼，他這一輩子活該受窮，整日就是講理講理，這理說得完嗎？」

沈傲不由一笑：「岳父又和你吵架了？」

唐夫人突然覺得在女婿面前說這個有點兒不好意思，便吱吱唔唔地道：「只是拌嘴罷了。」

沈傲道：「岳母過些時日就直接搬到府上去住吧，反正我也要上杭州赴任了，茉兒她們在那兒悶得很，有岳母在會熱鬧一些。」

唐夫人驚訝看著沈傲道：「怎麼不將家眷帶去？」

沈傲道：「沿途來回趕路就要兩個月，況且，也不知什麼時候又要奉旨回朝，再者說，這麼多女眷出行，總是不方便。」

唐夫人頷首點頭，沈傲說的倒是真的，在這個時代，女性出遠門不方便之處還真不少，所以除了一些必要的事，大多數還是能免就免，更何況現在路途上也不太平，若是中途出了事可不是好玩的。

唐夫人便道：「你走的時候說一聲，我去烙些炊餅乾肉讓你帶在路上吃，當年那死鬼到瀘州去赴任，也是吃我的炊餅、乾肉趕路的。」

沈傲應下，便道：「岳父在家嗎？」

唐夫人大叫一聲：「死鬼，你女婿來了，還躲在屋裏做什麼？」

其實唐家的宅子不大，沈傲和唐夫人在外頭說話，唐嚴早就聽到了，不過，他想著自己好歹是長輩，豈能這般沒大沒小，還是端著一點架子好，誰知唐夫人這麼一叫，唐嚴又羞又愧，連忙道：「是沈傲嗎？進來吧。」

沈傲連忙進去，行了禮，叫了一聲岳父。

唐嚴咳嗽一聲，頷首點頭道：「方才聽你說吏部已經下了委任？」

沈傲道：「是仁和縣縣尉。」

唐嚴喜道：「這個實差不知多少人做夢都難以企及，你有這般的造化，好得很。」隨即又道：「說起來，在杭州我倒有不少的學生，過幾日我寫幾封書信給你，你若是有閒，就去拜謁一下。」

沈傲倒是並不拒絕，不管在任何時代，做官講的都是關係，同窗、同年，這些都是拉關係的手段，自己太高傲，反而顯得孤芳自賞了。

唐嚴又問他最近在讀什麼書，沈傲只說做了幾篇經義文章，唐嚴反倒搖起頭來：

「如今已有了官身，經義之文固然要緊，卻也不必整日捧出來看，有些空暇，多看些經史，於你很有幫助，還有與同僚相處，也不必太過拘泥，該如何就如何，你的前程大有希望，不必學我，我這個君子只有吃虧的份兒。」

唐嚴的話倒是教沈傲唏噓一番，喝了幾口茶，告辭出去。

這裏距離楊府倒是不遠，無所事事，又去了楊府一趟，楊戩還在宮裏當值，外頭的門子哪個不認識新姑爺？連忙迎過來伺候，請他入內喝茶。

府裏頭的管家叫楊田，一口一個姑爺的忙前忙後，這楊府絲毫不比國公府小，又是新宅，建成也不過十年，氣派得很，進了正廳，沈傲便去看壁上裝裱的書畫。

老丈人收藏的好東西不少，這些年的內相沒有白當，該貪的貪了，不該貪的他也一個子兒沒落下，這金碧輝煌的宅邸，雖有暴發戶之嫌，但在沈傲眼中，卻如進博物館，就是那茶壺，只怕也是珍品中的珍品。

在這兒喝了幾口茶水，小坐了片刻，正準備走，楊戩倒是急匆匆地來了，笑呵呵地道：「聽門房說賢婿來了，哈哈，來得正好，咱家有話和你說。」

二人坐下，楊戩道：「這一趟你和那個畫青一道去仁和縣赴任，你要小心些，這畫青，是陛下拿來考校你的。」

之前周正就有這個猜測，而現在聽楊戩所說，無疑是有了準確的消息，沈傲故意作出一副驚訝的樣子，道：「考校我什麼？」

楊戩道：「你不用裝糊塗，那畫青是什麼人，你會不知道？你和蔡京的關係是眾人皆知的事，咱家和你直說了吧，你不將畫青壓在腳下，這仁和縣還是寧願不要去的好。不過你也不必怕，他絕翻不起什麼浪來，咱家已經吩咐好了，諒他也不敢明目張膽地來。其他的事，你也要注意一些，杭州造作局那邊，咱家已經通了關節，這杭州府裏，誰要是給你難堪，直接去尋那造作局的錢公公，就算鬧出再大的事，咱家都給你兜著。」

沈傲汗顏，道：「小婿是去做官的，能鬧什麼事？」

楊戩想了想：「也對，能不鬧事最好，還有，你既然要去赴任，就乾脆坐造作局的官船去吧，半個月就可到，省得沿途勞累。」

沈傲道：「只怕我要和程輝幾個一道赴任。」

楊戩不以為然地笑著道：「那就叫程輝和你一道兒上船，反正是空船打返。」

幾日下來，沈傲為籌備赴任的事忙得不可開交，告別好友，去吏部接勘引、憑引，之後又去了邃雅山房一趟，一來道別，二來是想與吳三兒商議到杭州開分號的事。

如今汴京的市場已經飽和，要繼續擴張，只能放眼到汴京之外，小城市市場只有這麼多，中高檔的茶肆很難存活，杭州是天下數一數二的大城，不如趁著沈傲赴任的機會，將生意擴張到杭州去。

有了這個想法，和吳三兒一說，吳三兒也很贊成，二人一拍即合，又商議了一些細節，卻爲人選的事傷了腦筋，此去杭州至少要數月至一年的光景，吳三兒守著幾家鋪面，本就焦頭爛額，自是分不開身的，可是眼下又沒有合適的人選，吳三兒倒是推薦了一個較忠厚的人，名叫李成龍，將來可以做個掌櫃，可是讓誰去管賬呢？

「不如就春兒隨我去吧，她會記賬。」沈傲想了想，只能勞動自己的春兒了。

吳三兒笑道：「有夫人在，我倒是不必擔心，沈大哥，就這麼說定了。」

沈傲起身要走，吳三兒將他叫住，去取了十張百貫的錢引來，道：「沈大哥，這些錢你先帶上，去了杭州，總不能沒有花銷。」

沈傲用手擋了，笑嘻嘻地道：「這就不必了，多留點錢準備去杭州開鋪吧，我前幾天成婚，單收禮錢折起來就有萬貫，暫時用不上。」

吳三兒不由地驚嘆，禮錢一萬？

沈傲看著吳三兒如看怪物一般地看著自己，哈哈一笑，道：「現在知道爲什麼這麼多人要做官了吧？我走了，保重。」

回到新宅，見四位夫人正在後園裏紮風箏，沈傲走過去笑道：「眼看就要下雨了，紮風箏做什麼？」

蓁蓁輕笑道：「總有放晴的一日不是？先紮了備用的。」

沈傲點了點頭，將春兒隨自己去杭州的事說了，周若幾個酸酸的，卻都沒有表現出來。

沈傲若無其事，捲起袖子道：「我也來幫你們紮風箏吧，我負責給風箏作畫。」去尋了筆墨紙硯，當真作起畫來，先在一張紙上畫了一隻湯姆貓，笑嘻嘻地道：「這是若兒。」

周若去看，竟是一隻貓，又好氣又好笑，想著沈傲過幾日要走，又是跺腳，又是閃著星點淚花道：「不許胡說。」

「好，我不胡說，我要行書。」沈傲捉著筆，在湯姆貓的下款處寫道：吾妻周若也。

周若粉拳捶來，沈傲嘿嘿一笑，連忙避過，道：「別打，別打，這一次畫蓁蓁，畫蓁蓁。」

蓁蓁道：「畫我做什麼，可不要又畫貓兒。」

沈傲板著臉道：「蓁蓁美若天仙，自然只有天鵝才配得上。」提筆去畫，竟是畫了一隻唐老鴨。春兒叫道：「這……這是天鵝？」

「怎麼？變種天鵝不行嗎？蓁蓁就算是天鵝，那也是鶴立雞群的天鵝，自然和尋常的天鵝不一樣。」

他一番胡說八道，蓁蓁羞死了，繃著臉道：「這明明是鴨子。」

沈傲笑道：「就算是鴨子，那也是一隻特立獨行的鴨子，在我的眼中，蓁蓁就是這般與眾不同。」

簽了落款，又要畫茉兒和春兒，二女掩面就走，偏不讓沈傲畫，沈傲追上去，一直進了茉兒的屋裏，一把將茉兒抱住，低頭便吻，茉兒開始還拒絕，後來也漸漸迷離起來，低吟幾聲，身體似要融化了一般。

沈傲抽出空來笑道：「看你往哪裡逃。」

唐茉兒羞答答地道：「快要用飯了，這裏不方便。」

「哪裡不方便了？」沈傲不去理他，又低頭吻過去。

一番逗弄，唐茉兒亦是半癡半醉，雲雨一番，二人才整裝出來，遠遠看到亭中，蓁蓁幾個往這邊笑看過來，沈傲裝作若無其事，唐茉兒已羞得抬不起頭來。

一家人用過了晚飯，夫人們都各自回房為沈傲打點行裝，其實所謂的行裝，早就打點好了，更何況四位夫人一齊去打點，實在有點兒畫蛇添足，不過這是女兒家的天性，沈傲在書房看了會書，便去春兒房裏，春兒見他進來，一邊收拾東西，一邊道：

「夫君，我隨你去杭州，這幾日便多陪陪小姐和蓁蓁、茉兒吧。」

沈傲覺得有理，去了周若房裏，周若床榻上放著一個小包袱，不知裝了些什麼，而周若獨自呆坐在床邊，見沈傲來了，抹乾眼角的淚花兒，抬起眸來道：

「今日不是到春兒那裏過夜的嗎？」

沈傲在她的身邊坐下，道：「我來陪陪你。」

周若的眼睛酸酸的，聽了沈傲的話，本來死死忍著的淚珠撲簌簌地往下掉，帶著哭腔道：「你要走就走，還來陪我做什麼！」

周若的嘴上雖是如此說，可還是一下子軟在了沈傲的懷裏，雙肩帶著微顫，像是怕沈傲一下子就消失般，緊緊地抱住了沈傲。

沈傲的前襟讓周若的淚水弄濕了一片，聽著周若那讓人心酸的哭泣聲，沈傲差點就想說這狗屁官老子不當了，可最終還是理智地忍住了，沈傲輕輕地撫摸著周若的長髮，鼻尖有一股皂角的清香盤繞，揮之不散，而沈傲看著懷中的女子，眼中有著深深的柔情。

周若哭累了，擦了擦眼睛，道：「我聽人說，杭州壞女人最多，你可莫到了那裡就被人迷住了。」

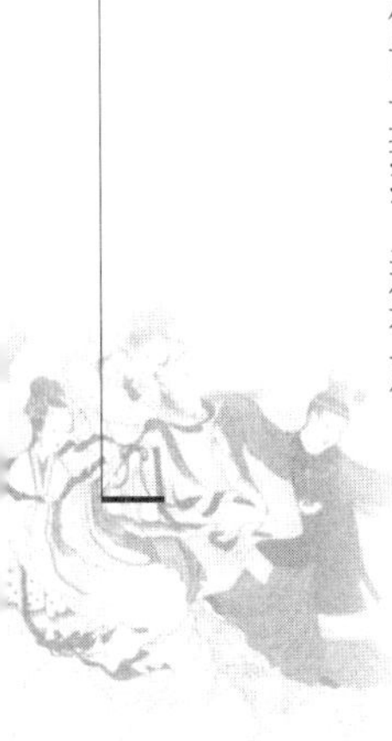

沈傲正色道：「我最恨壞女人了。」

周若嫣然一笑，面帶梨花的臉上生出了幾許緋紅，嗔怒道：「誰知道你心裏怎樣想的？」

沈傲只是嘿嘿一笑，正要脫靴，周若道：「你去蓁蓁和茉兒房裏吧，我的月事來了。」

沈傲道：「不必了，我們就這樣抱著睡也好。」

周若白了他一眼：「你倒是沒良心得很，人家今夜不知多傷心呢，你卻陪著我做什麼，快去吧。」

沈傲只好穿上靴子去了，到了蓁蓁的房前，蓁蓁已經熄滅燈火睡了。

沈傲躡手躡腳地溜進去，脫了衣衫鑽入被窩，蓁蓁嚇了一跳，待感受到那熟悉的胸膛，激動地道：「夫……君……？」

沈傲嗯了一聲，低聲道：「我來陪陪你，你的身子怎麼這麼冷？」說罷，便將她摟得更緊。

這時，沈傲感覺到一滴淚水滴落在自己的手上，慢慢地滑落下去，沈傲沒有說話，只是深深地嘆了口氣。

蓁蓁道：「夫君，現在想起你那首詞兒，我才知道那詞兒為何總是催人淚下。」她輕聲低吟：「臨行時扯著衣衫，問冤家幾時回還？要回只待桃花、桃花綻。一杯酒遞於心肝，雙膝兒跪在眼前，臨行囑咐、囑咐千遍：逢橋時須下雕鞍……」

她聲音動聽，又飽含深情，詞兒唱得極有感染力，唱到後來，聲音嗚咽，淚水如雨般地落在沈傲的手臂上。

沈傲拍著她的背，並不說話，等她哭完了，才道：「你們這樣一哭，害得我想將你們全部帶到杭州去了。」

蓁蓁搖頭道：「都去了杭州，這個家誰來打理？況且，你只是個縣尉，帶了這麼多女眷去，同僚們怎樣看你？你安心去吧，只願你能早些回來。」

沈傲重重地點頭，將頭埋到蓁蓁的胸口上，一時想著心事，蓁蓁道：

「江南那邊天氣濕冷，眼看就要入冬了，你多帶些衣衫去，衣衫我都準備好了，還有一床棉被，是我乾爹當嫁妝送來的，那棉被很暖和，據說是用狐裘縫製的，你也一併帶去，現在做了官，就不能再像從前那樣胡鬧了，那裏不是汴京，遇事能忍讓就忍讓，不要和人鬧出什麼爭端，我知道你的性子，耍起性子來，什麼都不管不顧，你往後生氣了，就想想我們這個家，好嗎？」

沈傲連聲答應，道：「到時候我會經常讓人送家書回來，你們也不必太記掛。」

蓁蓁破涕為笑：「你這麼一說，我倒想起來了，公府那邊送來了一封信，說是一個姓曾的朋友給你寄來的，明日拿你看看。夫君，你這一去不知什麼時候又能和你再見，我孤身慣了的，你不必管我，去周小姐和唐小姐那裏看看吧。」

沈傲心裏覺得好笑，茉兒那邊下午已經安慰過了，周若那般不肯吃虧的性子都將他趕到這裏，蓁蓁卻又要像皮球一樣將他踢回去，連忙搖頭道：「今天夜裏我只陪著蓁蓁。」說罷，緊緊地摟住她，在她白玉般的手臂上深深地吻出一道痕跡，翻身跨在她的身上，道：「蓁蓁，我們來玩一場遊戲吧，老鷹捉小雞，如何？」

說著，便如老鷹搏兔一般撲上去，蓁蓁啊呀一聲，隨即咯咯笑起來，既嫵媚又動人。

第二日清早，蓁蓁閉了門在屋裏換衣衫，沈傲早已醒了，卻裝作睡著的樣子，眼睛瞇開一條縫去偷看，那修長勻稱的身姿，如脂如玉的肌膚背對著自己，翹臀聳立，看得沈傲一時癡了，待蓁蓁穿上衣裙，回眸瞥了沈傲一眼：「看什麼看？」

咦，這都被發現了？沈傲只好訕訕地坐起，趿了鞋起來去穿衣。

蓁蓁從櫃中尋了一封書信給他，沈傲接了，撕開封泥一看，原來是曾歲安寫給他的，這封信應當是在一個月前發出的，大意是向自己問好，又問自己是否準備參加秋闈，說自己的書房有幾本書，若是沈傲需要，可直接到府上向他父親索要，隨即又說了一些他上任的事，字裏行間，帶著幾分友誼，又添了幾分如兄長教訓弟弟一般的溫情。

沈傲哂然一笑，秋闈早就過了，這封信才寄來，自己眼看就要赴任，還被人問及是否參加秋闈的事，不由唏噓一番，這個時代落後的通訊讓沈傲忍不住感到鬱悶，將來自己去了杭州，只怕寄家書也得要費上一番周折，看來古人重離別，不是沒有原因的。

沈傲對蓁蓁道：「我去給曾兄回信，早餐待會兒再吃。」

沈傲的心裏倒是有不少話想和曾歲安說，曾歲安是他第一個好友，這份情意此時被勾起來，讓沈傲心裏感覺暖暖的，恨不得立即能見上這個曾兄一面。

回到書房去，立即修書一封，說了些近況，又說起自己準備去仁和赴任的事，一邊寫，一邊抬眸想著措辭，足足花了半個時辰，才把自己要說的話都說了，竟是洋洋灑灑數千字，足足半遝的紙兒，不由笑了笑，叫劉勝寄出去。

這個時代的寄信自然不是去郵局，而是委託給車行或者一些商會會館，給付些酬金即可。

空閒下來，那邊吳筆已經傳來了消息，說是今日就要走，沈傲忙不迭地去相送，徐魏的家境並不富裕，因此只背了個包袱，吳筆就不同了，足足兩輛大車，還有三個家僕跟著，自己只需打著一柄扇子就是了。

沈傲來送吳筆，程輝來送徐魏，四人先尋了個酒肆喝了幾盅酒，互道了珍重，依依惜別之後，又將吳筆和徐魏送到城外的長亭去。

徐魏有點不情願坐吳筆的車，倒是吳筆一番好意懇求，他才動容，道了一聲謝，與吳筆同車而去。

「今日他們走了，過幾日就是我們了。」程輝的臉色黯然，遙望著馬車越行越遠，直到消失在地平線外，唏噓一番。

沈傲苦笑道：「請君試問東流水，別意與之誰短長。程兄何必感傷，沒有離別之痛，又豈會有偶遇之喜？走吧！」

程輝問沈傲打算什麼時候動身，沈傲記起楊戩那邊說還要過兩日，花石綱的船隊才會返程，便道：「後日這個時候，請程兄到我家去，到時你我結伴同去。」

程輝想了想，有些猶豫，問道：「是不是該知會那畫青一聲？此人雖是無恥，可是我們先走了，是不是無情了些？」

沈傲苦笑一聲，既沒有點頭，也沒有拒絕。

又過了一日，距離赴任之期越來越近，幾個好友邀沈傲到入仙酒樓踐行，尋了個廂房，幾杯酒下肚，相互表達了別意，一陣唏噓，約定將來再會，沈傲暈乎乎地出了廂房，一個小二攔住他，對他道：「沈學士，我家安帳房請你去坐坐。」

沈傲點了點頭，隨著小二去，進了三樓的一間房間，安燕見了沈傲，連忙來見禮，笑呵呵地道：「沈學士別來無恙？」

沈傲落座，道：「安先生不必客氣，不知有什麼見教的？」

安燕笑了笑，道：「聽說沈學士此番要去杭州赴任嗎？」

沈傲頷首點頭：「正是，只怕一時半刻沒有機會來入仙酒樓喝酒了。」

安燕嘆了口氣，道：「實不相瞞，這一次有件事還需沈公子幫忙。」說著便道：「入仙酒樓彙聚天下名酒，有一半正是從杭州進的貨。」

關於這一點，沈傲並不奇怪，杭州是商業要地，從那裏進貨倒也正常。

安燕繼續道：「往年都是我親自去進貨的，只是今年我打算讓桑兒親自去一趟，哎，我年紀大了，這生意終究還是她的，總要讓她歷練歷練，她雖是女兒家，擔子卻不輕。沈學士，這一趟可否讓桑兒隨你南下？若是她恣意胡來，好歹也有你能看顧一二。」

沈傲想了想道：「她是女眷，只怕沿途多有不便。」

其實本心上，沈傲是不敢去招惹狄桑兒，這丫頭性子太烈，又會武功，活脫脫的一根帶刺玫瑰，好危險的。

安燕笑道：「這個沈學士不必擔心，我會派人沿途照料，只讓她沿路隨你而行即可。」

沈傲只好應下，約定了出發的時間，告別而出。

第二日清早，一行人浩浩蕩蕩地聚集在城外汴河碼頭，這裏有沈傲的親眷和不少的知交好友，一群人拱手作別，互道了珍重，沈傲與程輝並肩登船，這船乃是花石船，高數丈有餘，吃水很深，船身極其龐大，船夫多達百人。

與沈傲而行的除了程輝，還有春兒以及兩名婢女，除此之外，邃雅山房的幾個夥計，還有那李成龍、小和尚釋小虎等人。

就是那畫青，也灰溜溜地跟了過來，程輝終究還是知會了他一聲，卻沒有請他隨來，這畫青臉皮足有八尺厚，竟一點也不客氣，當日清早便背著行李過來。

站在甲板上，大船起錨，遠處的親朋故友漸行漸遠，直至消失不見，沈傲吁了口氣，聽到一旁的程輝道：「只聽說花石綱奢靡，今日一見，哎……」

沈傲卻沒有這麼多憂國憂民之心，不是他不想，而是能力不足，只是微微一笑，道：「程兄，這裏風大，不如我們去內艙喝口茶水吧。」

他和程輝終究還是對手，一個是錢塘尉，一個是仁和尉，注定了二人要脫穎而出就必然要相互較勁，只是在較勁之前，二人卻絕口不提此事，除了立場不同，其實大多數時候，二人還是頗有共同語言的。

程輝點了點頭，一道進內艙，喚人去煮茶，彼此閒談幾句，畫青便大喇喇地進來，笑嘻嘻地道：「二位兄台喝茶，卻爲何忘了畫某？」

程輝皺了皺眉，謹慎地閉口不語，沈傲冷冷一笑，道：「畫縣丞不請自來，還需要去叫嗎？」

這一句話自是諷刺畫青，畫青卻哈哈一笑，旁若無人地道：「還是沈老弟知我。」

沈傲頓時沒有了喝茶的心情，霍然而起，道：「二位好好喝茶吧，我要回去陪陪夫人。」

程輝卻是無可奈何地搖搖頭，沈傲走了，自己卻尋不到理由退避，只好苦笑著朝沈傲拱拱手：「沈兄好走。」

畫青笑嘻嘻地道：「愚兄險些忘了，老弟還帶了新婦登船，嘻嘻……既可趕路，又是新婚燕爾，老弟好豔福。」

看到這傢伙皮笑肉不笑的樣子，沈傲就想揍他，沈傲抬腿到了春兒的艙中去，春兒第一次坐船，暈得死去活來，一開始倒也罷了，如今卻是臥床不起，臉色蒼白如紙。

沈傲嚇了一跳，連忙坐到榻前道：「我竟不知春兒暈船，早知這樣，我們走陸路算了。」

春兒搖頭道：「沈大……夫君，沒有事的，暈暈就好了，我已教人煮了藥。」

沈傲牽著她的手，心想：這一趟倒是勞累了她，有點兒心疼，卻又無計可施，便故意笑道：「是啊，慢慢習慣就好了，我原本還想和你一道兒在夜裏站在那甲板上迎著夜風，伴在月下看沿岸的夜景，不過不妨事，等你身體好些了，我們再看。」

春兒可憐兮兮地道：「夫君，對不起。」

「對不起？」沈傲虎著臉道：「你這樣說就太生份了。」

第一二八章
來者刺客

在他的身後，是兩個蒙面的刺客，
這二人一個身材魁梧，一個身材嬌小可人，
魁梧之人握著匕首封住了沈傲的咽喉，
另一個嬌小可人的刺客反手握著一柄長劍，
一雙清澈的眸子戒備地看著沈傲。

到了夜裏，沈傲端了粥水來餵春兒喝了，春兒感覺好了一些，徐徐睡下，沈傲這才去飯艙吃飯，這飯艙中的人不多，狄桑兒的飯是小婢送到艙中去吃的，除了沈傲帶來的幾個夥伴，便是程輝和畫青了。就是那小和尚，上船時沈傲給他買了不少糖葫蘆，他一路地吃，竟是撐飽了，連飯都不肯吃。

用罷了飯，程輝去甲板看夜色，畫青也厚著臉皮跟了過去。沈傲去尋春兒，見她還在酣睡，到了艙外看到兩個小婢在煮藥，見她們滿是疲憊，也知道這兩個小婢不適應船上的生活，一個個的臉色都顯得有些蒼白，便對她們道：「你們去歇息吧，我來看著火。」

小婢不肯，沈傲只好怏怏地走了，一時也不知去哪裡好，程輝那邊沈傲是不去的，想到有那個畫青在就不由地倒了胃口，便踱步到狄桑兒的艙中去。

狄桑兒剛用過飯，那隨侍的小婢端著碗盆出來，見了沈傲忙不迭地行禮，沈傲在外頭叫：「狄姑娘現在方便嗎？」

狄桑兒在裏頭道：「不方便。」

按照沈傲對狄桑兒的理解，不方便就是方便，嘻嘻哈哈地踱步進去，看到狄桑兒真的有些不方便，不由愣住了。

只見狄桑兒穿著一件褻衣，正在換衣衫，她一開始還以為無人進來，聽到後面的響動，那裙子還未提起，回眸一看，嚇得花容失色：

「你……你……」

沈傲神色如常，笑了笑：「桑兒怎麼不在艙裏，咦，這丫頭去哪裡了？哼，上了船也四處亂走，真是個野丫頭，抓住她一定要好好打她屁股。」說罷，旁若無人地溜之大吉。

狄桑兒羞澀難當，連忙穿好了衣裙，眼淚都要掉出來了，過不了多久，沈傲去而復返，哈哈一笑：「桑兒，原來你在這裏，方才還四處找你呢，來你的艙裏也見不到你人，你這般神出鬼沒，叫我擔心死了。」

狄桑兒見他絕口不提方才的事，自己更是羞於啓齒，只是再和沈傲說話，總是覺得不自在，臉蛋兒紅得如盛放的牡丹，吱吱唔唔地道：「我……我出去了。」

「哦，安先生將你交給我，我就要對你負責，所以你不要亂跑，知道嗎？」沈傲板著臉訓斥了幾句。

狄桑兒無地自容，心裏忍不住地罵著沈傲，這人說起謊來和真的一樣，臭書生，隨便闖別人的房艙，還這般理直氣壯，嗚嗚……這下慘了，什麼都被他看光了，以後還怎麼做人？

沈傲關心地道：「桑兒這是怎麼了？你怎麼怏怏不樂的樣子，啊呀，是不是也暈船？」說罷，走過去要摸狄桑兒的額頭，他這般大膽的動作，結合方才二人的尷尬，若是換了從前的狄桑兒早就叫罵避讓了，只是一時恍神，待沈傲的手附在她的額頭上，她身體軟綿綿的，天大的力氣都使不上來。

「嗚嗚……真是奇怪，一被這傢伙輕薄就使不上力氣……」狄桑兒想死的心思都有了，偏偏動彈不得。

沈傲感覺著她的體溫，很是奇怪地道：「一切正常啊，桑兒，看來你沒有病，不過爲了防範未然，我還是決定再給你把把脈。」

一番逗弄，狄桑兒哭笑不得，沈傲才洋洋灑灑地走了，沿著船舷欣賞著夜景。

沈傲吁了口氣，這花石船走得極快，沿途的商船見了它都必須避讓，因而只一天的功夫，便直接從汴河入了淮河，再順著運河直下，沿途的風景逐漸變化起來，山巒起伏，許多水道交織一起，沿岸偶有燈火閃爍，與星月輝映，分不清哪個是星辰，哪個是燈火。

夜間起了一層薄薄的淡霧，沈傲心念一動，陡然後頸劃過一道寒芒，冰冷的刀尖貼住他的皮膚，一個極低的聲音從身後傳來：「不許動，也不許喊。」

方才陷入沉思，竟是一下子失了神，想不到讓人有機可趁，沈傲想了想，覺得很不可思議，見對方的匕首恰好對準了自己後頸的動脈，想必這凶人一定屬於專業的殺手，絕對不是尋常的小賊，只是這殺手到底要殺誰呢？

沈傲撇了撇嘴，在前世，再凶險的事，他也遇到過，還不至於嚇得心驚膽寒，越是這個時候，越是要冷靜，他微微笑道：「我不動，也不喊。我能回頭嗎？」

對方遲疑了一下，顯然沒有料到沈傲這般大膽，正是這一會兒的功夫，沈傲已經回過頭去，在他的身後，是兩個蒙面的刺客，這二人一個身材魁梧，一個身材嬌小可人，魁梧之人握著匕首封住了沈傲的咽喉，另一個嬌小可人的刺客反手握著一柄長劍，一雙清澈的眸子戒備地看著沈傲。

「原來還有個小妞！」沈傲心裏腹誹一番，狠狠地看了那女刺客一眼，隨即道：「不知二位要刺殺誰？我知道二位是好漢，不會和我這手無縛雞的書生爲難的。」

魁梧刺客冷哼一聲，匕首輕輕向前一送，那匕尖入肉，淌下一滴殷紅的血，冷聲道：「我問你，沈傲狗賊住在哪個艙？」

沈傲狗賊？

沈傲看著這魁梧刺客眼眸中畢露的凶光，不由地在心裏道：你才是狗賊，你全家都是狗賊，哥哥招你惹你了嗎？提著刀劍來要殺要剮，誰是賊還不一定呢！

沈傲笑了笑，目光清澈，道：「沈傲？噢，原來你們是來尋他的，這傢伙確實是很壞，借了我的十貫錢一直都沒有還，由此可見他的人品卑劣，但凡欠債之人，人人得而誅之。」

沈傲頓了一下又道：「敢問二位義士，那沈傲欠你們多少銀錢，爲何你們要殺他？殺人終究是不好的，你看，那沈傲雖然借錢不還，我還是寬宏大量地原諒他了，所謂冤冤相報何時了，二位速速下船去吧，學生就當作什麼都沒有看見如何？」

沈傲一番苦口婆心，心裏已經有了計較，從二人嫺熟的手法來看，他們確實不是小賊，可是這一次刺殺，也不像是買凶殺人，若是買凶，又爲何要當著沈傲的面問沈傲在哪兒？此外，若是一次蓄意謀殺，許多事他們應當早有預備，比如自己的體貌特徵等等。

那麼唯一的可能就是臨時起意，以至於他們怕耽誤時間，沒有做任何準備，立即混入船中，這艘船大得驚人，又是貨船，單貨艙便有數十間之多，要藏匿兩個人輕而易舉。

可是，是什麼讓他們臨時起意要殺自己呢？

沈傲喋喋不休地說著，那魁梧刺客冷哼一聲，打斷道：「你胡說八道什麼？快告訴我，沈傲在哪裡？」

沈傲在……沈傲笑吟吟地道：「往左邊拐角處第二個艙房就是沈傲的船艙，至於他到底在不在，我就不得而知了，不過他的身邊有禁衛軍保護，你們可要小心，最好能夠立即將他制服，不必和他囉嗦。否則引來了船上的人，到時候就走不脫了。」

那魁梧刺客見沈傲如此合作，居然還滿是關心地提點自己，愕然地道：「你到底是何人？爲什麼要幫我們？」

沈傲瞪大了眼睛道：「那傢伙欠錢不還，我早就想報復了，兩位義士能夠代勞，學生感激不盡，爲什麼不幫你們？」

那名嬌小的刺客清澈的眼眸閃露出一絲笑意，道：

「我們可不是爲了你的欠賬去殺那狗賊的，這狗賊私通遼人，破壞北伐大業，但凡宋人，都恨不得吃他的肉，寢他的皮，狗賊在一日，燕雲十六州的同胞兄弟便多置身水深火熱一天，你能明白我的話嗎？」

她的聲音如銀鈴一般的好聽，一旁的魁梧刺客皺了皺眉：「師妹，和他說這些做什麼？」

沈傲聽她這般一說，心裏苦笑連連，原來自己已成了人人得而誅之的漢奸了，不由既喜又憂起來，喜的是，這二人既是打著這個旗號來殺人，自然不會亂殺「無辜」，自己的安全不成問題，憂的是，他雖然看清了時局，奈何能夠理解他的人並不多，所謂眾人皆醉我獨醒，真是的，人家都醉了，你還一臉清醒的樣子，人家還能讓你活嗎？

沈傲的眼珠子一轉，滿是悲憤地道：

「二位義士字字珠璣，實不相瞞，在下每當想到燕雲陷落，便夙夜難眠，不能自己，只可惜我只是個書生，做不得驚天動地的大事。那沈傲認賊作父，私通外賊，但凡我輩血性男兒……」

沈傲目光落在嬌小的刺客身上，頓了頓，又連忙改口：「不，是我輩英雄兒女……天誅國賊，義不容辭。」

沈傲嘆了口氣，又繼續道：「有一句話，學生不知當講不當講。」

那魁梧的刺客有些不耐煩了：「要說快說。」

沈傲道：「義士既要殺人，能不能在殺人之後，把那狗賊的包袱給我，我拿了他的包袱，就算他還了我的欠賬。」

「呸！無恥的書生。」嬌小的刺客低罵一聲，對魁梧刺客道：「師兄，還是不要理他了，我們立即動手吧。」

二人不再理會沈傲，不多時便消失在夜幕中。

沈傲心裏偷笑，忙不迭地跟上去，低聲道：「義士等等我，讓我看看你們如何手刃國賊。」

追到了畫青的艙中，兩個人影已破了艙門進去，沈傲蘸了口水，捅開紙窗，畫青顯是睡了，已熄了燈，裏頭黑乎乎的，隨即便聽到畫青的聲音：

「誰……是誰……啊呀，好漢饒命，好漢饒命，不要傷我的性命……你們要錢嗎？我……我這裏有……」

「哼，沈傲狗賊，你也有今日！」一陣拳打腳踢，晝青剛剛叫痛，便被人用東西堵住了嘴，嗚嗚叫著，接著便聽到匕首劃過的聲音，那女刺客道：「師兄，還是將他帶回去給師父處置吧，這樣殺了他，實在太便宜他了。」

男刺客冷哼一聲，隨即提著他出來，二人如魅影一般，飛快地提著晝青出了船舷，撲通一聲跳下河去。

沈傲確認他們走了，大叫道：「刺客，有刺客。」

這一聲叫喚，打破了船上的寂靜，許多人披著衣衫趿鞋出來，最先來的是釋小虎，之後是程輝、狄桑兒和船工紛紛道：「出什麼事了？」

沈傲很悲慟地拍打著艙室，痛苦地道：「晝青被賊人捉走了。」

眾人繼續追問，沈傲很是惋惜地道：

「我方才在船舷上看星星，突然聽到了動靜，諸位都知道，似我這般有血性的男兒，見義勇為自是理所應當的事，因此便想一探究竟，誰知沿著聲音到了晝兄的船艙，便聽到兩個刺客在外頭商議，說是這晝兄欺男霸女，竟是連六十歲的老太婆都不放過，活活汙了人家的清白，如此行徑，綠林的好漢們都看不過去，定要將他劫走，還說什麼替天行道。我當時聽了，心裏就想，這時候還是不要驚擾他們，且看看他們下一步怎麼辦。隨後這二人破門而入，對著晝兒便是一陣毒打，又堵住了他的口，教他不能求救，隨即將他五花大綁，要將他帶走。

晝兒與我是同僚，我豈能讓他們將晝兒帶走，他們剛剛走出艙門，我便跳了出去，心中滿懷著捨身取義的決心，高聲大喝：放開那個書生。然後……然後兩個刺客就要對我行凶，諸位看我的頸脖，這便是那些刺客留下的傷口，哎，可惜啊可惜，我力有不殆，終究還是雙拳難敵四手，教兩個刺客挾持著晝兒跳入了河裏，晝兒落入他們手裏，只怕是凶多吉少了。」

眾人聽得雲裏霧裏，如同聽書一般，只是晝青倒楣，卻沒幾個人為他著急的，就是程輝，也只是道：「沈兄，既然如此，我們應當立即派艘小船登岸，尋就近的府衙叫他們搜捕，沈兄還記得那兩個刺客的體貌嗎？」

沈傲道：「黑暗之中，哪裡分得清，更何況他們帶了面罩的。」

程輝搖了搖頭，便不再說話了。

沈傲道：「晝兄博學多才，人品高潔，實在是我輩讀書人的楷模，他此番遇難，我們唯有為他立一座貞潔……啊，不，是節義牌坊，以作悼念之情。」

人都已經凶多吉少，沈傲倒是第一個想到的是給人家立牌坊，眾人無語，卻也說不上不好；沈傲繼續道：「這船上看來很不安全，我們往後要小心些，小虎……」

釋小虎舔著糖葫蘆，吱吱唔唔地道：「沈大哥……」

沈傲敲了他的光頭一計：「就知道吃，從明天起，你就在我的艙房外頭睡，要保護你沈大哥。」沈傲不知道對方什麼時候會發現畫青是個假貨，若是再殺回來，那可糟了，因此得小心爲上。

釋小虎道：「好。」

沈傲又嘻嘻哈哈地對狄桑兒道：「據說狄小姐的槍棒很厲害是嗎？」

狄桑兒冷哼一聲：「我晚上要睡覺的。」

沈傲道：「不會讓你守夜，女孩兒家守夜多了會生暗瘡的，不過，我打算讓你到我夫人船艙裏去睡，好不好？」

狄桑兒想了想，道：「我再想想。」

狄桑兒拉不下面子，再想想就是同意了，沈傲立即對下人道：「快去幫狄小姐搬行禮。」

這一番吩咐下來，總算是安下了心，沈傲便道：「不知畫兄有什麼遺物，我們還是爲他收拾收拾，將來再送回他的家裏去吧。」

說著，便當眾推開畫青的艙門，叫人點了火燭，尋了他的包裹，將東西一件件清點出來，先是幾吊錢，隨後又是一些衣物。倒是沒什麼值錢的東西，此外還有授印、憑引，沈傲將它們一樣樣列出來，叫人記下。

待翻到最後，一封書信倒是引起了沈傲的注意，這份書信落款的行書很豪放，沈傲認得畫青的筆跡，這明顯不是畫青寫的，行文的風格，倒很像是蔡京的手書。

「怎麼？這一封是蔡京給畫青開具的介紹信？」沈傲看了看落款，上頭寫著「金少文兄親啓」。

金少文？沈傲對這個人有印象，乃是兩浙路憲司提刑官，監管兩浙路七八個府的刑獄，說起來，此人還算沈傲上司的上司，蔡京寄一封信給這姓金的，莫非和自己有關？

沈傲心念一動，故意道：「畫兄的音容笑貌，時刻盤旋在我的腦中，念之不由愴然淚下，今日見了他的親筆手書，百感交集，這信我代他保管吧。」說罷，沈傲立即將信塞到懷中去，又是道：「好啦，現在叫人去知會沿路的衙門，叫他們留意一下，或許能爲畫兄收屍也不一定。」

沈傲帶著信回到臥艙，撕開封泥，蔡京的字跡躍然紙上，前面只是一些敘舊的話，字裏行間看出那金少文乃是蔡京的門生，因而過問了一些金少文近日在讀什麼書，之後話鋒一轉，又寫了一些身體的事，似乎這蔡京倒是頗爲安於現狀，致仕之後很是怡然自樂。

隨即，蔡京又交代了幾句畫青的事，說畫青也算俊傑，叫他多多關照，最後一段話是寫沈傲的，行文之間很是忌諱，只是道：「吾觀沈傲此人，異日必是心腹大患，君可自便。」

這「自便」二字，很值得玩味，沈傲想了想，從行文之間，可以看出這個金少文是蔡京的死黨心腹，既是如此，自是願意和蔡京一條道走到黑的人，那麼蔡京的這個自便，就有點兒見機行事的意味。

沈傲吁了口氣，周正和楊戩都說得沒有錯，蔡京不會對自己輕易動手，可是假手他人，卻並非沒有可能，縣衙裏有個畫青，憲司裏有個金少文，一個是自己的同僚，一個是上司，真要玩起花樣來，也不是沒有可能。

不過……沈傲呵呵一笑，畫青已經失蹤，能不能活著回來還是個問題，至於這金少文該怎麼對付呢？

有了！沈傲靈機一動，取了紙筆，想了想，隨即下筆，他所用的行書正是蔡京的字體，蔡京的人品受人唾棄，可是書法卻是名揚後世的，寫蔡體字也算沈傲的拿手好戲，除非蔡京本人，絕沒有人能看出破綻。

沈傲照著原文抄寫了一些話，都是以蔡京對門生的口吻說的，只不過有的內容卻故意曲解，比如那蔡京說到畫青時，從欣賞變爲了厭惡，說到沈傲時，卻只是說了幾句無關痛癢的話。最後落款時，又添加了幾句莫名其妙的隱晦之語。

待落了筆，沈傲一邊吹乾墨跡，一邊心中頗爲得意，哼，金少文是嗎？哥弄不死蔡京，先整一整你再說。

這封信的妙處就在於誰也不能從字跡上辨別出異樣來，而且書信中的內容，所用的語氣與蔡京並無二致，那金少文絕對不會懷疑。

寫好了信，沈傲的目光落在撕開的封泥上，心裏大樂，封泥？哈哈，哥們好久沒有雕刻印章了，得先去找個蘿蔔去。

他一夜未睡，從底艙尋了個蘿蔔，又回到臥艙雕刻，這種製作贗品的事，再沒有人比他更加在行，待天光醒來，那蔡京的私印便製好了，叫人拿了印泥來，小心翼翼地在信封的口部塗抹一層，隨即用蘿蔔印蓋上去，一個印記便算大功告成，拿著信放在桌上晾乾，倒頭便睡。

這幾日風平浪靜，花石船入淮河之後，便一直南下，越過長江、錢塘江，杭州已是歷歷在望，一路過來，只花了十天不到的功夫，這既得益於隋煬帝修建的運河，另一方面，花石船橫行無忌，速度自是快了不少。

待到了錢塘碼頭，欲出碼頭的商船見了花石船來，一個個調轉回去，龜縮不出，待花石船挺穩了，放下了舢板，這才興沖沖地駛出水道，杭州造作局的威勢可見一斑。

下了船，因爲沒有人提前去通報，因此也沒有人來迎接，這錢塘縣的縣城與仁和縣毗鄰，城區部分恰好形成了整個杭州城的格局，雖是劃分成了兩縣，其實街坊犬牙交錯，許多地方已分不清誰是誰的轄區了。

碼頭上，各色人等熙熙攘攘，烏壓壓的看不到盡頭，好在這一條棧橋，只有花石船專用，因此一丈寬的棧橋一直延伸到碼頭，也沒有行人，沈傲的家當多，教人扶了春兒下來，又指揮人搬下用具，那些花石船上的人也下來幫襯，頗有巴結的意思，隨即又叫人雇了幾輛大車，總算可以成行。

這一路過去，所見所聞都是熱鬧非凡，沿街的鋪面林立，比之汴京更要熱鬧幾分，沈傲先教家眷到縣衙去，自己只帶了小和尙與程輝一路行走，程輝感慨萬千地道：「都說江南好，今日一見，還真是讓人大開眼界，我真願意在這裏做一輩子的官，再也不回去了。」

沈傲呵呵一笑：「只怕未必，到時候一紙詔書下來，程兄不走也得走。」

二人一路說笑，沿途坐船的鬱鬱心情頓時緩解，杭州府、仁和縣、錢塘縣三個衙門相互毗鄰，就坐落在錢塘與仁和交界處，因而這裏顯得肅穆了許多，二人先到了錢塘縣衙，程輝將包袱換了個肩，朝沈傲拱拱手：「沈兄，再會。」

沈傲點了點頭，互道了珍重，便繼續往前走了幾百步，這仁和縣縣衙便到了。

天下的縣衙規制都差不多，數道儀門重重而立，莊嚴肅穆，聖諭亭、告民牌、忠節牌坊彩漆斑駁，沈傲的家眷已經先到了一步，因此門口的小吏腰板伸得筆直，其中一個見到沈傲來了，立即將他攔住：「喂，小子，今日縣尉大人到任，不接受任何訴訟，快走。」

沈傲呵呵一笑，拿出腰間的紙扇搖了搖，那船上淡水不足，就是飲用都很是奢侈，除了一些供應家眷之外，沈傲的衣衫已有許多天沒有換過，所以雖是絲綢製成，卻有些邋遢，也難怪這小吏瞧不上他，多半是以爲自己來告狀的。

沈傲笑了笑，道：「我要見縣令于弼臣于大人。」

這小吏斜著眼打量了沈傲一眼，傲慢地道：「縣令也是你說見就見的？快走，否則我教你好看？」

沈傲只好道：「我是新來的縣尉，是來交割公務的。」

這小吏便大笑起來，心裏想，方才我說縣尉要來上任，他便說自己是新來的縣尉，哼，新來的縣尉據說是今科狀元，不但和國公、國子監祭酒連著親，就是宮裏的楊公公，也和他關係匪淺，那是天上一般的人物，一天吃幾十碗燕窩粥的人，這排場能小嗎？

再看眼前這人，一看便是個落魄的書生，這樣的人他見得多了，抓住機會便來打秋風，借著各種名目來見縣令，行個學生禮，便說自己沒有了盤纏，沒有銀錢回鄉，本來嘛，都是讀書人，縣令顧及著士林的體面，多少會給打發一些出去，可是這些人拿了錢是絕不會回鄉的，多半又是去熙春橋裏廝混去了。那熙春橋乃是杭州最熱鬧非凡的去處，鶯鶯燕燕，好不熱鬧，不知多少讀書人一肚子的志氣葬送在那裏呢！

小吏冷笑一聲，對沈傲道：「你等一等。」過不多時，便叫了個都頭打扮的人來，這都頭生得魁梧極了，落腮鬍子，上頭戴著插著羽毛的圓帽，肚腩頂出來很是富態，按著腰間的長刀刀柄，一雙銅鈴大眼上下打量沈傲，重重哼了下鼻音：

「小子，你是讀書人，我也不和你動粗，立即走人，否則教你好看。」

沈傲要拿自己的證明給他看，身上摸了摸，卻發現衣衫裏什麼都沒有帶，這才想起授印和憑引都裝在包袱裏的，已被春兒會同家眷先拿進去了。

沈傲呵呵笑道：「你們若是不信，大可以叫縣令出來相認就是，要不然叫我夫人出來，我夫人不是已先到一步了嗎？」

他這般氣定神閒，倒是讓那都頭一時愕然，心裏想，這人不是膽大包天，或許還真是那個赴任的縣尉，縣尉是都頭的頂頭上司，想了想，便道：「你先等著。」

過了片刻又回來道：「縣令請你過去，小子，我醜話說在前頭，若你敢冒充縣尉，可是要吃板子的。」

沈傲嘻嘻一笑：「板子？我一般都請人吃板子，自己還真不知是什麼滋味。」說罷，落落大方地進去，穿過兩道儀門，便是一個開闊的辦公場地，分別有六門，正中二門洞開，沈傲拾級上去，步入正衙，便看到一個穿著碧衣公服的老者在那兒慢吞吞地喝著茶。

沈傲立即過去，拱手道：「下官沈傲見過縣令。」

這縣令聽罷，帶著笑意站起來道：「你便是沈傲？」

第一二九章
下馬威

杭州多富戶，更何況那些附庸風雅的商人巨賈也愛和士子、秀才們廝混，
眾人聚在一起商量，都忍不住摩拳擦掌，
這縣尉太狂妄了，一定要給他個下馬威，讓他知道杭州的才子是不好惹的。

他上下打量了沈傲一番，雖然早就知道今科的狀元是個年輕人，卻難以置信會這般的年少，不由地愣住，也有些拿不定主意了。

沈傲同時打量這縣令，對這縣令，他早就有了瞭解，此人叫于弼臣，算是個老實人，熬了許多年，才做了這仁和縣令，便道：

「是啊，我就是沈傲，我的夫人已經到縣衙了嗎？不知是否已經安頓妥了。若是大人不信，我這便叫人取了信物來，請大人查驗。」

他這麼說，于弼臣便相信他所言非虛了，挽著他的手道：「你來了便好，本大人日夜盼著你來呢！那個新到的縣丞晝青爲何遲遲不到？」

沈傲便將晝青被人綁架的事說了，于弼臣聽罷，大驚失色，捏著鬍鬚氣呼呼地道：「豈有此理，花石船上也有人敢如此行凶，還有王法嗎？我立即寫一封公文去運河沿岸各縣，一定要將晝縣丞尋回來。」

「對，生要見人，死要見屍。」沈傲加了一句。

于弼臣聽沈傲這般說，深深地看了沈傲一眼，才是頷首點頭，立即叫人拿了紙筆來去耳房裏書寫公文。

那個都頭見沈傲當真是縣尉，已是嚇得面如土色，立即道：「小人有眼無珠，請大人恕罪。」

沈傲哂然一笑，道：「不怪你，你也是職責所在，總要盤問清楚的。」

都頭見沈傲這般謙和，總算是放下了心，對沈傲多了幾分感激。

正是于弼臣行文的功夫，衙外頭有人探頭探腦，這人也穿著碧服，見了沈傲，便拉了守在門口的小吏來問，聽說是新來的縣尉，頓時大喜，嘻嘻哈哈地進來，一副眼淚都要流出來的樣子，挽著沈傲的手道：「來人可是今科狀元沈傲沈才子嗎？」

沈傲點頭道：「未請教大人姓名。」

這人笑哈哈地道：「我叫朱展，眼下還是仁和縣縣尉，就等大人來交割的，這一趟朝廷任我去常州作推官，常州那邊催得緊，要我速去赴任，今日老弟來了正好，你我這就交割吧。」

沈傲見他如此熱情，感覺有點過分，你丫的，你以後是常州推官，我是仁和縣尉，犯得著笑嘻嘻地拉著我的手不放嗎？

無事獻殷勤，非奸即盜，這傢伙方才見了他，眼睛都放光了，可疑啊可疑！

不待沈傲拒絕，朱展便生怕沈傲跑了似的，拉著沈傲要去簽押房交割，沈傲被他拉著，一時也不好拒絕，只好叫人去尋自己的春兒，叫她派人取官印和憑引來；倒是那個都頭，故意撞了沈傲一下，朝沈傲眨眼，似乎有話想說，可是當著朱展的面，又不好直言。

這朱展卻只是拉著沈傲，一邊走一邊道：

「沈大人來得好快，原以為你還要過半個月才能到……對了，待我們交割完了，鄙人就要趕赴常州去，到時沈大人一定要來喝一杯踐行酒才好，哈哈，你我將來雖然異地為官，可是對沈大人，我是聞名已久的，能與沈大人結交，鄙人幸甚。」

馬上就要去做六品推官，卻對沈傲這般熱情，令沈傲摸不透，沈傲看那都頭不停向自己暗示，便明白這背後一定有隱情，可是一時也沒有辦法，隨著朱展到了簽押房，立即有人從春兒那要來了沈傲的憑引和官印，那朱展迫不及待地尋出早已準備好的授印，二人交還了憑引，叫人存了檔，又相互蓋了章印，朱展才鬆了口氣，好像肩上一副千斤的重擔落下來似的。

前任的推官朱展交割之後，便尋了個由頭，說是要準備遠赴常州，就不再多待了，告辭出去。

沈傲吁了口氣，從此以後，他這個縣尉算是正式走馬上任了。

縣衙裏的編制其實也很簡單，主要分為六房，與朝廷六部一樣，都是吏、戶、禮、兵、刑、工。這縣衙裏的三個主要官員，依次下來是縣令、縣丞、縣尉，都有各自的主要職責，縣令分管的是吏房和工房，居中坐鎮。縣丞分管禮房和戶房，管教諭和錢糧。沈傲身為縣尉，不但要署理刑房，還要分管兵房。三個人雖然有主次之分，卻也是各司其職。因此這縣衙又分為了三班，三班指的是皂、壯、快三班。

皂班就是皂吏，主管內勤，由縣令居中坐鎮。壯班和快班共同負責緝捕和警衛，快班歸縣丞統轄，主要是下鄉催糧，壯班就是尋常大街上常見的治安人員，由沈傲負責。

沈傲理清了衙門裏的關係，倒不覺得複雜，過不多時，刑房和兵房的兩個押司和都頭分別來見禮，沈傲是他們的頂頭上司，聽說上司到任，這規矩自是免不了的。押司和都頭其實都算是沈傲屬下的頭目，這兩個押司分別穿著黑色長衫，長長的儒條衣帶，顯然都是讀書人，因而見了沈傲都自稱為學生或者後進，這二人年紀不小，這樣稱呼沈傲倒是教他有些不好接受，可是心裏也明白，這是衙門裏的規矩，該遵守的還是要遵守，便問明二人的職責。

原來這兩個押司，一個叫宋大江，乃是刑房押司，專管刑房裏的案牘工作，也就是說，若有人要訴訟，這訴狀首先便會傳到宋大江手裏，由宋大江提出意見之後，再由沈傲過目。

能承擔這個工作的，就必須精通大宋的律法，畢竟科舉出來的主官只知道四書五經，莫說是那厚厚的大宋律法，便是連訴狀的格式也是一知半解。

另一個押司高高瘦瘦，名叫楚寒，名字很是儒雅，是兵房押司，也是分管文書，記錄在籍廂軍的人數，每月分發的糧餉以及徭役的狀況。

沈傲在他們面前沒有擺出上官的架子，既然他們自稱學生和後進，便也稱他們做先生，二人受寵若驚，不知這位新來的縣尉大人到底是不懂規矩，還是對他們刻意尊重。

押司算是文職，至於都頭自然是武職了，其中一個都頭沈傲方才認識，就是在門口攔住他的那位，這人叫劉斌，是刑房的都頭。

另一個是兵房都頭叫曹憲。也都見了禮。沈傲與他們敘了幾句話，勉勵他們好好辦公之類，隨即道：「都散了吧，先忙公務，若是有什麼私事，等交了班再說。」

宋大江笑呵呵的道：「大人，學生們湊了一些錢，想請大人喝一杯水酒，爲大人接風洗塵，明日正午在煙雲酒樓，希望大人莫要拒絕。」

沈傲笑了笑：「好，到時候你們來叫我，我一定到。」

見沈傲滿口應承，宋大江幾個歡天喜地的去了，甫一照面，看來這個縣尉雖然年輕，卻不是氣盛之輩，倒還算容易相處。這些吏長最怕的就是遇到一個不好說話的上司，見沈傲這般好說話，心裏算是鬆了口氣。

只有那個叫劉斌的都頭不肯走，沈傲抬了抬眼，道：「怎麼，劉都頭有話說？」

劉斌忙道：「方才得罪了縣尉大人，大人恕罪。」

他又正式的道歉，沈傲便笑呵呵的擺擺手：「我不是說過了嗎？不要緊的，這件事我已經忘了，將來要仰仗你的地方多著呢，你好生辦差就是。」

劉斌滿口答應，猶豫了一下，道：「大人，小的有句話要說，方才朱大人忙不迭的和你交割，是因爲……因爲……」

沈傲想起方才劉斌給自己使眼色，也覺得那朱展的反應有點不正常，一個前任的縣尉見了自己來赴任就好像久旱逢甘霖似的，未免有些古怪。便道：「你說吧。」

得了沈傲的鼓勵，劉斌苦笑道：「其實朱大人急著與您交割，是因爲再過幾日，那些胡鬧的秀才們就要下帖子來了。」

「帖子?什麼帖子。」

劉斌道：「每年十月十三，便是熙春橋一年一度的花燈節，相傳那裏有一個名妓，戀上了一個秀才，那秀才進京趕考，卻有一個富戶玷污了這名妓，那名妓呼天天不應，便呼喚著情郎的名字，一頭栽進了小河。爲此，那些秀才們便乾脆以這一日相聚一起，紀念這名妓。秀才們聚在一起，自是免不得要吟書作對，談琴捉棋來，慢慢的，這規矩也就沿用下來。」

劉斌口有些乾了，頓了一下，咂嘴繼續道：

「只是到了後來，荊國公變法，尤其是改了科舉制，從前是考詩詞，如今卻是要作經義文章。須知這杭州文風鼎盛，可是文人對做經義文章卻是極爲鄙視的，這些秀才聚在一起，自是有些憤世嫉俗，對科舉選拔的官員很是看不起……」

劉斌小心翼翼的看了沈傲一眼，突然覺得自己好像說錯了話，眼前這位沈大人也是科舉出來的官啊，只好硬著頭皮繼續道：

「因此每到這個時候，他們便下了戰書，叫錢塘、仁和二縣的縣尉赴會，與他們比試琴棋書畫，大人，朱大人便是怕自取其辱，方才恨不得立即與你交割，好躲過這一次燈節，叫大人去遭那些秀才奚落的。」

沈傲一聽，越來越糊塗了：「爲什麼不向縣令和縣丞下戰書，偏偏要選縣尉？」

劉斌嘿嘿一笑道：「按規矩，縣令乃是一縣之主，這些秀才就是再胡作非爲，也絕不敢欺到縣令頭上。至於那縣丞，掌管著禮房，這禮房可是存放秀才生員文案的地方，秀才們敢惹他嗎？若是不小心遺失了一兩份檔案，到時候不知要費多少周折去補辦呢。唯有大人這縣尉……咳咳……」

劉斌說不下去了，意思很明顯。

沈傲一聽，頓時覺得冤枉，這些該死的秀才當是捏軟柿子呢，縣尉有這麼慘嗎？虎著臉道：「就算如此，他們不過是些秀才，怕個什麼？據我所知，那朱大人好歹也是進士出身，難道連秀才都比不過？」

劉斌道：「杭州文風鼎盛，便是三尺的稚童也會吟出幾句詩來，熙春橋裏廝混的秀才生員雖也有落魄的，大多數家境都不差，他們一向自視甚高，又無意科考，說是做會做經義文章又算得什麼博學？因此一心攻讀詩賦琴棋，精通各項雜學，莫說朱大人是進士出身，只怕是進士及第，論起這些雜學來也不一定能比得過他們。這些年兩縣的縣尉走馬燈似的換，可是哪一個應邀去了的，大多都鬧了個灰頭土臉。」

沈傲搖頭苦笑：「難道就不能不去？」

劉斌笑道：「若是不去，那便是膽怯了，那些秀才在士林中頗有聲望，到時宣揚出去，不知道的還以為大人怕了他們。」

沈傲總算理清了來龍去脈，這些所謂的秀才，大多都是恃才傲物之人，家境優越，不願為官，便整日沉迷於詩詞歌賦、琴棋書畫之中，他們鄙夷作經義文章謀取官位的人，一來有種吃不到葡萄的心理，另一方面，又自認為詩詞歌賦才是真才實學，不滿王安石的改革。

這種人最大的特點就是反對權威，因而故意要向官員挑釁，他們大多都有背景，倒也不怕一個縣尉，所以才會如此放肆。

沈傲想了想，突然覺得自己很悲催，縣尉也是官啊，真是豈有此理。

劉斌笑呵呵的道：「大人，原本按道理，你便是晚些與朱大人交割也算不得什麼，只要等個幾日，待那些人拿了戰書遞給朱大人，朱大人就推不掉了。哎，這朱大人為了這事急白了頭髮，上一年他便遭人奚落，受辱了一次，今年便恨不得立即遠走高飛了。

當時朱大人催大人交割，小的還給大人打了眼色，只可惜……」

嘆了口氣，很爲沈傲惋惜，在他看來，沈傲雖是狀元公，可是若論起雜學，又哪裡是那些整日沉浸風月的秀才、生員們的對手，以那些人以往的手段，自然是要故意奚落沈傲一通，縣尉大人剛剛上任，便教一些秀才們欺負了，傳出去，實在不好聽。

沈傲抿了抿嘴，道：「這件事我知道了，有勞你提醒我，你先去忙公務吧。」

他哂然一笑，心裏已經有了計較，誰給誰下馬威還不一定，一群小屁孩，哥哥早晚一個個收拾他們。

步出簽押房，回到衙堂去，那于弼臣已經寫好了公文，叫人發出去。笑呵呵的叫沈傲就坐，對沈傲道：「你的家眷我已安排在後衙了，你初來乍到，若有什麼需要，但可和本大人說。」

沈傲道了一聲謝，于弼臣笑呵呵的道：「你是唐祭酒的女婿，我哪裡有不照顧的道理，實不相瞞，唐祭酒與我也算是老相識，當年一起共過事的，只不過他已入朝，我卻還在外放公幹……哎，不說也罷。」

顯露出幾分懷才不遇的樣子，繼續道：「沈傲，衙門裏的規矩並不多，卻也不能完全置之不理，有些事你若是不懂，便直接來問我。好啦，你先去後衙去收拾一下。」

來了仁和縣幾日，對這裏也漸漸地熟悉起來，其實縣尉的公務並不多，大多數的事還是由押司、都頭去署理，偶爾會有人遞上狀紙來，卻大多是一些鄰里糾紛。宋律沿襲唐律，重德而不重刑，一般的訴訟是不立案的，只派幾個差役去調解一番，儘量地大事化小也就是了。

剛剛上任，應酬是免不了的，一場場飯局下來，既是聯絡的紐帶，另一方面，也讓沈傲對仁和縣多了幾分瞭解。

第三日，果然有人送了名帖過來，落款人不少，什麼王公子、馬公子、趙公子、于相公之類，邀請沈傲去熙春橋賞光，帖中倒是很客氣，說什麼燈節請縣尉大人不吝賞光，杭州士子聆聽大人教誨之類。

「好大的一個坑啊！」沈傲拿了這名帖，笑了笑，卻是將名帖丟到一邊，將劉斌叫來，對他道：「把這名帖送回去，就說本大人公務繁忙，沒有興致和他們談什麼風月。」

劉斌道：「大人若是不去，只怕要遭人取笑。」

沈傲好整以暇地坐下喝了口茶，笑吟吟地道：「取笑？他們愛笑就笑吧，本大人最討厭沒有彩頭的比試，告訴他們，要想請我去，就拿出彩頭來。」

劉斌明白了，立即拿了名帖送了回去。到了下午又折身回來，道：「大人，杭州士子們又送來了名帖。」

沈傲看了看，這一次名帖的態度比之方才要好很多，說什麼據聞縣尉大人乃是今科狀元，學生們很想請大人賜教一二，屆時在百花樓恭候，願贈金萬貫，宅邸一座，更贖出百花樓名妓蘇小小服侍大人。

果然是有錢人家的士子，出手真夠闊綽，一萬貫加上一個宅子已足夠讓沈傲為之心動，至於什麼名妓，沈傲倒不稀罕的，蓁蓁當初也是名妓，驚豔汴京，自己可不能再招惹名妓回去，到時候非要被刮掉幾層皮不可。

不過杭州的名妓，沈傲倒是很想見識見識，他拿著名帖，卻是又將帖子送回去，對劉斌道：「這點彩頭，本大人還不看在眼裏，告訴他們，拿出點像樣的東西來。」

劉斌不由地愕然了一下，卻忙不迭地又將名帖送了回去。

沈傲的這番舉動，自是讓杭州城裏的才子、秀才們炸開了鍋，這個大人口氣很大嘛，和以往的縣尉不太一樣，底氣十足，言明了要彩頭，還討價還價，這口氣，倒像是那彩頭他是志在必得了。

杭州多富戶，更何況那些附庸風雅的商人巨賈也愛和士子、秀才們廝混，眾人聚在一起商量，都忍不住摩拳擦掌，這縣尉太狂妄了，一定要給他個下馬威，讓他知道杭州的才子是不好惹的。

況且沈傲是藝考、科舉狀元，若是能羞辱他一頓，比起從前侮辱那些縣尉更有滿足感；沈傲被人稱之爲汴京第一才子，杭州才子們也不服氣，哼，汴京第一才子算得了什麼，杭州自古文風鼎盛，天下的文氣若是十成，杭州自認占了五成，強龍不壓地頭蛇，他這般狂妄，絕不能輕易和他干休。

有了同仇敵愾之心，要想請動這位縣尉大人，杭州士人們紛紛慷慨解囊，有些家境巨富的，更是這個湊出一千貫，那個許諾三千貫，一來這些人並不差錢，二來嘛，他們也自命不凡，自然不在乎一個小小狀元，沈傲能否得了這彩頭還難說得很。

次日，第三個名帖送到沈傲的案頭，沈傲揭開看了，這回的名帖就不再客氣了，直接開門見山，學生們已備下彩金三萬貫、小河河畔宅邸一座，名妓一名，請縣尉大人屈尊賜教。

「這才有意思！」沈傲笑了笑，將名帖放下，對劉斌道：「兵來將擋水來土淹，回去告訴他們，這名帖我接下了，燈節那一日一定到。」

劉斌立即應承下來，前去回覆。

汴京第一才子對陣杭州才子，這一消息不脛而走，坊間頓時流言滿天飛，賭檔裏已開下了賭注，沈傲是一賠五，士子是三賠一，由此可見，大多數人對沈傲的信心不足，不說這位大人剛剛走馬上任，許多人並不熟悉，便是他當真是第一才子，是狀元公，杭州人也自信沈傲不是杭州士子的對手。

須知縣尉大人只是一人，在他的對面，則是數以百計的杭州名士，沈傲的賭注一賠五，已是賭檔高看沈傲了，只怕也是因爲沈傲是藝考狀元的緣故，才不至到一賠十去了。

這消息非但在坊間流傳的很廣，就是在官場，也是頗受震動，爲這個不知天高地厚的縣尉頗爲惋惜的有之，冷眼看笑話的有之，不過大多數，還是對沈傲隱隱有幾分期待的，杭州的官兒不好做，文風盛本是好事，可是士人們太倨傲就讓人爲難了。

縣令于弼臣特意叫沈傲去，對著沈傲苦笑搖頭，道：

「士子們下了帖，沈老弟去就是，何必要鬧個滿城風雨，哎，眼下許多人來問此事，兩浙路安撫使司和提舉司、憲司，漕司還有杭州知府衙門都派了人來問，到時只怕幾位大人都要赴會，沈老弟若是能贏倒也罷了，若是輸了，這兩浙路上下諸位大人只怕都臉上無光了。」

兩浙路是北宋二十三路之一，其行政級別相當於後世的省，兩浙路與江南西路相當於整個江南的面積，因此這兩浙路四司衙門的長官，絕對算是封疆大吏，其顯赫不在朝中各部堂尚書、侍郎之下。

其中這四司中最有權柄的，乃是安撫使和曹司轉運使，安撫使相當於省長，而轉運使本算不得高官，可若放在兩浙路，意義卻大是不同，因爲兩浙路轉運使掌管著杭州造作局和蘇州應奉局，這二局專掌花石綱以及宮中貢品的承運，因此兩浙路轉運使絕對屬於皇帝最爲信任之人，且有調度錢塘江、長江、汴河沿途水運之權，莫說是兩浙路，便是江南西路、淮南東路、河北東路的轉運使見了他，都需聽他調度，其地位超然，便是當年蔡京一手遮天，也絕不敢與這位轉運使大人爲難。

在于弼臣眼裏，連安撫使和轉運使都要來觀戰，心裏便有些發虛了，那可是自己上司的上司，若是沈傲出了差池，叫整個兩浙路的官場蒙羞，那便遭了。

沈傲顯得不疾不徐，一句話叫于弼臣噎得說不出話來：

「大人，下官的性子便是如此，他們既敢來挑戰，我也不怕把事情鬧得再大一些，官場的規矩，下官不甚懂，竟不知要勞動諸位大人觀戰，不過嘛，下官只信奉一句話……」

他喝了口茶，慢吞吞地道：「他要戰，我便戰！」

于弼臣對這位少年縣尉無話可說，心裏不由地想，年輕人啊，就是心氣太盛，當年老夫年輕的時候也不比他脾氣好多少，早晚有他吃虧的時候，這杭州士子是最難惹的，打不得、罵不得，作詩作不過他們，下棋不是他們的對手，琴棋書畫的高人更是大有人在，沈傲去赴會，保準頭破血流不可。

看著眼前的沈傲，于弼臣看到了自己從前的影子，心裏起了愛護之心，便又想：好吧，他要去就去好了，待他吃了虧，或許能收斂幾分盛氣。

沈傲回到後衙去，這後衙地方不小，隔壁是縣令的家眷，沈傲住的地方是個單獨的院子，雖比不得汴京的新宅，卻也足夠容身了。

春兒在廂房裏拿著筆寫著什麼，沈傲湊過去，原來是給蓁蓁、茉兒她們的家書，上面隱隱約約有名妓兩個字，沈傲心裏一突，咳嗽一聲，道：

「我的好春兒，你什麼時候聽來的風聲，什麼杭州名妓，我可聽都沒有聽說過。」

春兒回眸，見是沈傲來了，連忙擱筆站起來道：「外頭天熱得很，你還穿著靴子亂走，這官靴又厚又重，先脫下來。」

叫沈傲坐下，幫沈傲脫了靴子，隨即道：「夫君還要瞞我嗎？我叫李成龍出去尋商鋪，外頭早就傳得風言風語了，那名妓叫蘇小小對不對？哼，你故意瞞著我，一定有鬼。」

咦，連本公子都已經忘了那名妓叫蘇小小，春兒就打探到了？想不到她還有這般的手段，訕訕一笑，道：「你知道也沒什麼，不過是一場玩笑，陪那些士子們玩玩，你何必當真？還寫在家書裏，讓蓁蓁她們著急呢！」

春兒似笑非笑地道：「你的心思我明白，那我把那一段刪了就是，夫君，燈節就在這兩日，你真的打算赴約嗎？我聽說江南的士子除了自命不凡，卻都有幾分本事的……」

沈傲哈哈一笑，道：「我就是去看他們有什麼本事的，好啦，我餓了。」

自成婚之後，沈傲已是越來越懶了，飯來張口，衣來伸手，開始還覺得有些不習慣，後來也就慢慢地享受起來，春兒在四位夫人中最是勤快的，聽沈傲這般說，立即去吩咐廚子預備晚飯，又叫人抱了個冰鎮的西瓜來，切成了小片遞過來，先讓沈傲填填肚子。

當日夜裏，與春兒合衣睡了，這幾日春兒的身體不好，因此沈傲不好打擾她，躺上床便瞇著眼故意裝睡。

第二日醒來，天空晴朗，萬里無雲，沈傲伸了懶腰，用過了早飯便去辦公。

這樣的生活有些枯燥，一直等到燈節到來，據說一大清早，熙春橋便已是人山人海，杭州戶籍本就多，再加上這幾日的鼓噪，又有許多人都買了杭州士子勝，賭博加上湊熱鬧，誰也不甘落後。

熙春橋下便是小河，名字有點兒古怪，不過這河雖取了個小字，卻一點都不小，兩岸是長堤，一排排楊柳隨風輕拂，河水湍急，清澈見底，柳樹之後便是一排排閣樓、街鋪，酒旗、茶旗迎風招展。

熙春橋乃是杭州最著名的銷金窟，橋的左面是一排排酒肆、賭檔，過了橋便是勾欄青樓，今日青樓的姑娘們早早地醒了，推開正對熙春橋的窗子，看到下面人頭攢動，不停地朝閣樓下拋著媚眼；這都是低級的青樓女，真正的藝妓、名妓是不屑拋頭露面的，不過也會在窗前隔上一層珠簾，透過珠簾瞧著熱鬧。

萬花樓並不在橋的右面，而是在小河下游的一處孤島上，那孤島其實是由河中泥沙堆積而成，島中的萬花樓有五層高，下頭是巨石鋪就的岩石基座，雖只有五層，從兩岸的河堤看去，卻是高大極了。

要到萬花樓，需到河邊坐畫舫過去，只是今日這橋上，卻有一個扇著紙扇的公子哥帶著幾個壯漢把守，這公子哥生得倒是油頭粉面，眼見許多人向他注目，愈發顯得意氣風發，英秀挺拔，只是他臉上敷了粉，多少顯出點兒病態。

其實士人敷粉也算是江南的一種風尙，早在晉時便已流行，便是到了今日的北宋，許多詩詞中在描寫俊美少年時總是少不得粉面二字。

在河堤旁的酒肆裏，卻是格外的安靜，這裏已有不少廂軍、雜役把守，頂樓是一個視野開闊的廂房，從這裏往下望去，那無數的閣樓屋脊連成一片，有一種高處俯瞰的暢快之感。

在座的人早已到齊了，來人還真是不少，上至安撫使李玟，其次是轉運使江炳，此外還有提刑使金少文，提舉使周文，這四人乃是兩浙路最大的頭面人物，坐的位置最好，臨著窗邊，便可以看到熙春橋的全貌。

再之後便是造作局、市舶司、杭州知府衙門、兩縣衙門的各級官員，琳琅滿目，或站或坐，好在這廂房足夠寬敞，否則只怕縣令這一級的官員連站的地都沒有。

所有人都屏息不動，出奇的沉默，各懷著心事，用喝茶去掩飾那種尷尬。

大宋設立四司衙門，統管一路，本就有分權的打算，各司的主官之間難免會有一些心結，因此這四位大人難得相聚一起，表面上其樂融融，其實在心底裏卻都有各自的如意算盤。

比如那轉運使江炳與安撫使李玟便早有心結，安撫使照理說應當是一路的主官，可是江炳是誰？乃是當今欽慈太后的侄子，是皇親國戚，又主掌蘇州應奉局、杭州造作局以及杭州市舶司，哪裡還需要去看李玟的眼色行事。再者說了，在皇帝眼裏，江炳乃是一等一的大紅人，那李玟又算得了什麼，其地位在整個江南也是超凡脫俗，就是入了朝，那些太宰、少宰們見了他，又誰敢給他擺臉子看？

這樣的局面，就讓李玟的地位頗有些尷尬了，兩浙路安撫使雖好，可是被這轉運使壓著，灰頭土臉，很不自在，有些心結也是難免的，這兩大衙門暗中較勁也是人盡皆知的事，雖說方才二人笑呵呵的見了禮，可是一落座，便各自都擺出了一副冷面孔。

他們兩個不說話，其餘人哪裡敢說話，倒是那提舉周文有心活絡下氣氛，故意說了句玩笑，卻無人跟著笑，周文心中不樂，也就不再說話了。

至於那提刑使金少文，卻不知在打些什麼主意，似是在深思什麼，也無人去招惹他。

這一番沉默足足過了半個時辰，茶也喝了幾盞，樓下看熱鬧的百姓已是不耐煩了，鬧哄哄地紛紛道：「沈縣尉爲什麼還不來？莫非是膽怯了？」

「什麼汴京才子，哼，只怕現在已經嚇破了膽子。」

眾說紛紜之際，卻聽到有人道：「人來了！來了！」

說話間，沈傲騎著一匹老馬，身後帶著一個童子，慢悠悠地過來，沿途人等盡皆給他讓出路來，熙春橋已經在沈傲的眼前。

第一三〇章
百筆作畫

百筆作畫？

須知山水畫最重要的是打底，單這打底就不止百筆，

更何況畫的是鬧市，筆劃太少，很難勾勒出那熱鬧非凡的情景。

沈傲想了想，用畫筆的粗獷和細膩兩種形態來繪出整幅畫的層疊感。

沈傲今日穿著一件常服，頭上紮著儒條帶子，含笑出場，他今日特意沐浴一番，衣服是冰藍的上好絲綢，繡著雅致竹葉花紋的雪白滾邊和他頭上的羊脂玉髮簪交相輝映，巧妙地烘托出一位翩翩貴公子的非凡身影。

眼見這麼多人捧場，沈傲微微一笑，那笑容頗有點風流少年的味道，下巴微微抬起，露出一絲傲慢之色。哼，你們不是很狂嗎？哥哥要比你們更狂！

至於他身後的童子，便是小和尚釋小虎，釋小虎如今已經蓄了髮，臉蛋愈發可愛，只是那雙眉之間，有一種與年齡不相稱的氣質。

二人一前一後在眾目睽睽之下到了熙春橋下，隨即落了馬，上了橋，搖著紙扇的粉面秀才便將沈傲攔住，兩個壯漢抱拳在粉面秀才背後，作出一副閒人莫進的姿態。

粉面公子收攏扇子，朝沈傲行了個禮，正色道：

「來人可是沈傲沈縣尉嗎？」

沈傲根本不去看他，彰顯出自己與他的身分差距，眼睛落在熙春橋後，淡淡道：

「本大人就是。」

粉面公子見沈傲這般態度，又羞又怒，強壓住火氣，笑著道：

「沈縣尉是否知道，要過這橋，卻有一個名堂，須知當年名妓薛芳芳便在這裏殉節，自此之後，每到今日便有墨客前來爲她悼念，以懷念這位剛烈的風塵女子，沈縣尉既然上了橋，又適逢其會，何不作詩一首，讓學生們開開眼界？」

沈傲微微一笑：「不知得以什麼爲題？」

粉面公子正色道：「就以熙春橋爲題如何？」

沈傲點了點頭，便陷入沉默。

作這應景的詩，最需要的就是急智，這一點沈傲並不缺乏，他的智商本就不低，加上有後世的詩詞墊底，有時候也可以拿些好字句來挪用一二，而且讀了這麼久的書，作詩也總算是有了些心得，不必再抄襲後世的詩詞了。

眾人見他皺著眉，紛紛哄笑，都道：「看來這第一關，就將縣尉難住了，哈哈，什麼汴京第一才子，還及不上我們杭州倒數第一才子呢。」

沈傲卻不理會他們的胡說，想了片刻，朗聲吟道：

「熙春橋外水如天，五日爭看競渡船。蒲酒快斟人半醉，釵頭紅粉貞義傳。」

這首詩前半部分是渲染熙春橋的景物，說的是熙春橋美不勝收和熱鬧的情景，第三句又道出了熙春橋的聲色犬馬，最後一句卻陡然一變，那釵頭紅粉所指的自是那剛烈自盡的名妓，一首四言短詩，將熙春橋的歷史、景物道盡。

這首詩自然比不得那流傳千古的佳句。可是作爲應景詩，已算是上乘。畢竟時間短促，這已是極爲難得了，即便李白復生，也不一定能在短時間內作出詩來。

在品質上，沈傲的詩詞自然比不得那些著名詩人，可是論起快詩，卻也算是高手，思維靈敏本就是藝術大盜所具備的一樣潛質，更何況沈傲通曉古今，視野比之這個時代的人要開闊得多。

沈傲作出了詩詞，那奚落之聲立即噤聲，倒是有稀稀落落的人開始叫起好來。

粉面公子咀嚼了一番沈傲的詩，沉默了片刻，先是一陣苦笑，隨即正容朝沈傲一禮道：「縣尉大才，學生班門弄斧，有眼不識泰山，還望恕罪，請大人過橋。」

說罷，粉面公子朝身後的兩個壯漢使了個眼色，那兩個壯漢立即分開，朝沈傲做了個請的姿勢。

沈傲大喇喇地踱步過了橋，便向一個道旁圍看的人道：「不知這萬花樓該怎麼去？」

沈傲畢竟是縣尉，那人雖然滿心想看沈傲的笑話，當著沈傲的面卻不敢放肆，連忙指了指河堤上一條簡易的棧橋道：「過了棧橋，登上畫舫，順水而下，便能在萬花樓登岸。」

沈傲走到棧橋旁，這棧橋簡陋得很，卻有一種破敗之美，入水的木樁處，已長滿了許多苔蘚，叫人看了，有一種別致的詩意。棧橋的橋頭，果然停留著一艘畫舫，只是剛剛接近這裏，沈傲卻發現一人擋住了他的去路。

這人約莫三十多歲，身穿著件黑色的長衫，長衫有些邋遢，頭髮也很油膩，他在棧橋邊的柳樹之下擺了一個小案，案上擺了黑白棋子，一雙眼睛落在棋局上，一動不動。

沈傲頓時明白了，這就是第二關了，踱步過去，道：「若是不和你對弈，是不是就不能過這棧橋了？」

那人恍然不動，等了片刻，才徐徐落下一枚黑子，隨即又搖頭，抬起眸來，看了沈傲一眼，那眼眸漆黑，古井無波，彷彿將沈傲當作了空氣，只頷首點了點頭，淡淡地道：「還請縣尉大人賜教。」

人群中出現騷動，紛紛道：「連棋癡梁先生都驚動了，哈哈，梁先生出馬，這沈傲必然上不了棧橋。」

沈傲對圍棋，只是略懂，水準有限，聽到那些人爲這叫梁先生的人讚嘆，心裏就明白，只怕這個梁先生的棋藝很厲害吧！和他對弈必敗無疑，怎麼辦？

沈傲那雙烏亮的眼珠子飛快地一轉，隨即哈哈大笑道：

「梁先生，本大人時間不多，就不陪你對弈了，不如這樣吧，我設一個棋局，讓你來破解，若是你破不了這棋局，便算輸，行不行？」

梁先生見他自高自大的模樣，正眼都不看自己，臉色卻是屹然不動，一點也不在意，漆黑的眼眸深看了沈傲一眼，徐徐地：「那麼，請大人賜教吧。」

沈傲呵呵一笑，隨即開始擺放棋子，片刻之後，一個玲瓏局便設成了，從腰間抽出扇子，好整以暇地道：「請梁先生破解吧。」

那梁先生先看這棋局，初時不以爲意，可是隨即就皺起了眉，想來覺得棋局並沒有這麼簡單，到了後來，竟是噫了一聲，像是失了魂一樣，眼眸中閃過一絲驚駭之色，全部身心都陷入這玲瓏局之中。

沈傲將扇子交給釋小虎，對釋小虎道：「來，給我扇扇風。」

釋小虎撅起嘴：「說好了我只做你的書僮，怎麼還要扇風。」

沈傲怒視著他：「想不想吃冰糖葫蘆？」

釋小虎立即接過扇子，小心翼翼地在旁爲沈傲打扇。

沈傲帶著笑容地翹著腿，看著這梁先生，臉上沒有半點的擔心之色；他擺出來的棋局，是後世根據古代棋書《發陽論》研究出來的棋局，局中「金雞獨立」、「老鼠偷油」等妙招環環相扣，史上最大的「倒脫靴」也設計了進去。

這個棋局，就是在後世，也是由許多高級棋手商討了幾天幾夜才好不容易攻破；這個時代的棋手就是再高明，沒有十天半個月，也絕不可能找到破解的方法。

沈傲可以肯定，就是大宋第一棋手，也絕不可能在短時間內破局。

梁先生看著玲瓏局，深深鎖眉，呆坐了足足半個時辰，卻是紋絲不動，他眼眸盡落在那棋局上變化無常的黑白子上，時而哀嘆，時而稱奇。

「這是怎麼回事？梁先生還未破局嗎？」許多人已是不耐煩的鼓噪。

沈傲見天色不早，向梁先生道：「梁先生，這棋局還未破解嗎？」

梁先生不理他，只顧著看棋局，過了片刻，撒手將手中的黑子一拋，闔目嘆息一聲，長身而起道：「縣尉大人的棋局，學生破解不出，還請大人賜教。」

沈傲哈哈一笑，長身而起，捏起棋子要落下，梁先生又連忙道：「大人少待，讓我回家再想想。」若是沈傲輕易破了局，梁先生又於心不忍，只是覺得這棋局高深莫測，想回到家中再慢慢參詳。

沈傲撇了撇嘴：「我現在能過棧橋了嗎？」

梁先生連忙做了個請的姿態，沈傲笑了笑，便不再理這棋癡，舉步過了棧橋，順著舢板登上畫舫。

人群頓時譁然，作詩倒也罷了，畢竟是狀元公，可是縣尉竟是設下一個棋局，便將棋癡梁先生難倒，如此看來，縣尉的棋藝遠在梁先生之上。

這縣尉還當真是個變態，一個人，怎麼會有這麼多本事，一些下了杭州士子賭注的人頗有些後悔，不斷安慰自己，之後還有幾關，不信這姓沈的當真能全部闖過去。

有了這個想法，心裏總算舒服了一些，隨即又想，這位縣尉大人就算是輸了，那也是雖敗猶榮，必然成爲杭州一段佳話。

沈傲上了畫舫，畫舫裏懸著彩燈，現在不是夜裏，雖然彩燈還未點起，仍舊將這船裝點的富麗堂皇，整艘船上有兩層建築，紅漆彩繪裝點在棟梁上，絢麗繽紛。

沈傲步入船艙，便看到一人正在打盹，聽了動靜，抬眸看到沈傲步進來，顯然有些意外，沒想到沈傲不但過了熙春橋，竟還登上了畫舫。立即正襟危坐，朝沈傲行了個禮，道：「沈縣尉，幸會，幸會。」

沈傲只是抬了抬手：「客氣。」隨即落座，道：「爲什麼還不開船？」

這人面白無鬚，微微一笑，道：「不急，不急，學生還要向大人討教。」隨即起身，端出文房四寶，道：「熙春橋如此美景，大人爲何將這美景留住？」

沈傲搖著扇子笑道：「留住？怎麼個留住法？」

這人笑道：「請縣尉大人作畫一幅，不過嘛，時間有限，何不只用百筆勾勒出熙春橋來？」

百筆作畫？這個題目還真不簡單，須知山水畫最重要的是打底，單這打底就不止百筆，更何況畫的是鬧市，筆劃太少，很難勾勒出那熱鬧非凡的情景。

沈傲想了想，收攏扇子，要將筆劃限定在百筆之內，除非不先打底，而是直接作畫，這樣的畫法，除非對佈局有相當精湛的水準，畫筆能分出輕重，用畫筆的粗獷和細膩兩種形態，來繪出整幅畫的層疊感。

沈傲深吸了口氣，見這面白無鬚的書生含笑望著自己，面帶挑釁之色，微微一笑道：「好，那我就來試一試。」隨即走到文房四寶之前，捉筆蘸墨，想了想，心中開始佈置格局，回憶方才熙春橋的幾處特點，足足用了一炷香的時間，才張開眸來，落墨下筆。

他作起畫來顯得有些草率，先是用兩筆直接勾勒出熙春橋的雛形，面白無鬚的書生在旁一看，忍不住搖頭，不打底色，不做佈局，直接勾勒出橋的形狀，這人除非是個天才，要嘛就是個瘋子，世上哪有這樣作畫的。

接著，沈傲繼續筆走龍蛇，全神貫注極了，全然想不到身邊的人在一旁不斷搖頭，看到後來，那面白無鬚的書生看出了一點端倪，忍不住看了沈傲一眼，心想這畫倒也不錯，可惜還是差了一點什麼，雖然用墨的濃淡分出了層層疊疊的佈局，可是之前沒有佈局，總是有些淩亂，尤其是那熙春橋，在波光粼粼的河水中並沒有凸顯出來，反倒是畫舫在畫中更加突出。

不管作什麼畫，最重要的是需要突出一個中心，譬如畫橋，那兩岸的楊柳，和橋下的河水，以及河中的畫舫都只是陪襯，而熙春橋才是重心，如此，方能算是佳作。

沈傲一邊畫一邊數：「一畫……七畫……四十五畫……」等他快要數到第一百畫時，一幅畫已漸漸落成，最後一筆以濃墨落在畫中的熙春橋上，赫然之間，這一筆如畫龍點睛一般，頓時凸顯出來。

面白無鬚的書生一看，頓時愕然，隨即叫了一個好字，沈傲的畫，有一種別致的感覺，這種風格他前所未見，既沒有王羲之的痕跡，也沒有顧愷之的特色，可是乍眼一看，卻又似融合了這兩大畫師的特點，該細膩的地方細微如絲，該豪放之處熱情奔放，最後一點濃墨，更是將整幅畫的佈局巧妙的凸顯而出，第一個映入眼簾的，便是古色古香的熙春橋，熙春橋下，則是河水似是潺潺流動，河中的畫舫微微傾斜，彷彿一陣微風吹拂，整個畫舫都要顫動起來。

「好畫！」書生忍不住擊節叫好，朝沈傲躬身一禮：「縣尉高才，學生自嘆不如。」深深的彎下腰，滿是汗顏之色。

沈傲道：「畫舫可以走了嗎？」

「可以，可以，可以。」書生連忙道，隨即出艙，對船夫們吩咐一聲，那船夫立即解下了纜繩，畫舫一顫，隨即順著河水向下游駛去。

沿岸的看客們見畫舫動了，心知沈傲已過了第三關，頓時譁然，鼓噪不已，更多人開始擊掌叫好。

往年的燈節，那些縣尉能過第二關，已是非常難得，須知人的精力不是無窮的，雜學更是如此，能夠精通一門，已能令人佩服，而沈傲連過三關，便說明這位新上任的縣尉博學多才，絕對不亞於杭州頂尖的才子，便是那些押了賭注買杭州士子勝的人，此時也忍不住爲沈傲叫好了。

酒樓的頂層廂房裏，眾多杭州官員面目不一，有的搖頭，有的微笑，有的眼眸中閃過一絲嫉恨之色。那轉運使江炳捋鬚輕笑，忍不住道：

「好一個汴京才子，早就聽陛下說過這個沈傲有一套，想不到當真是名不虛傳，好。」

他這一番話，引得一旁的安撫使李玟臉色漆黑，嘴唇顫抖了一下，李玟對沈傲的印象一般，可是轉運使江炳如此褒獎這個沈傲，倒令他有些不快，江炳的話中有兩層意思，一層似是在表明這個沈傲是他的人，另一層又隱喻他與皇帝的密切聯繫，每一樣聽了，都令李玟心中很是不爽。

李玟微不可聞的冷哼一聲：「旁門左道罷了。」

這話被江炳聽了個清楚，只是捋鬚微微一笑，並不搭腔。反倒江炳身後一人道：

「當今陛下也善詩詞、書畫，李大人的意思，莫非是陛下也愛鑽研旁門左道嗎？」

這句話刁鑽之極，直接給李玟栽了個目無君上的帽子，李玟循目望去，說話之人乃是杭州造作局督造朱勔。這朱勔從前巴結童貫，此後又成了江炳的得力幹將，最會見風使舵，他這話擲地有聲，擺明了是不給李玟面子。李玟冷哼，卻是不敢反駁。

朱勔正是洋洋得意，江炳卻是斥道：「朱大人，不可無禮。」

朱勔立即道：「是。」

在座的官員看到這個苗頭，更是嚇得不敢說話，兩浙路兩大主官鬥嘴，誰敢插言，這不是找死嗎？

沉默了許久，江炳突然饒有興趣的道：「快看，那畫舫要登岸了。」

眾人一齊往窗外看，果然畫舫在河中的孤島上靠岸，那孤島方圓只有數百丈，設了一個簡陋的棧橋，畫舫穩穩在棧橋邊停住，隨即船夫綁了纜繩，便看到沈傲從新架設的舢板上慢慢走出來。

棧橋的盡頭種了不少垂柳，垂柳之下，一人負手而立，這人的年紀不小，鬚髮潔白，穿著一件滿是補丁的青衫，尋常人見了，還以爲是個授館的窮酸先生，但凡認得他的，都忍不住爲之咋舌，沿岸的看客們已經鼓噪起來：

「是奇石堂掌櫃周大福周先生。」

「原來是他？連周先生也出馬了，看來這一次沈傲想要過關，只怕難如登天了。」

這叫周大福的老者見了沈傲過來，面不改色道：「縣尉大人且慢！」

沈傲見他年紀不小，倒是沒有方才對待其他人的倨傲之色，尊老是傳統，雖然對方刁難，至少表面功夫卻是少不了的，朝他拱拱手：「請問先生高姓大名？」

周大福道：「閒雲野鶴，做了些小買賣，賤名不足掛齒，沈縣尉能連過三關，足見大人的才智，老夫倒是佩服得很，不過大人既要進百花樓喝酒，卻要先過老夫這一關。」

沈傲微微一笑：「請先生出題。」

周大福微微一笑，很是欣賞地打量了沈傲一眼，在他的身側，已擺上了桌案還有兩方錦墩，他朝沈傲揚揚手，道：「大人請坐。」

沈傲坐下，心知這貌不驚人的老頭非同尋常，單看這氣度，只怕在杭州城中也算是頭面人物，況且他的衣飾雖是樸素，但腰間懸掛的一只吊墜，卻不像是尋常之物。

周大福笑了笑，從手中取出一個扳指，放在桌案上，道：「前幾日，老夫的店鋪裏收來了一個扳指，只是不知價值幾何，沈縣尉能給老夫看看嗎？」

這是考驗沈傲的斷玉之術了。

沈傲面帶微笑，撿起扳指上下端詳，扳指的概念在滿清時代才讓人耳熟能詳，主要用途是射箭時保護手指，不過這當然不會是滿清時代的扳指，事實上，早在商周時期，中國就有扳指出現，只不過隨著時代變遷，崇武的精神逐漸被壓制，是以到了唐朝後期，扳指逐漸淡出歷史舞臺。

眼前的這個扳指，內壁是梯形結構，明顯帶有中原文化的特徵，滿清時期的扳指則是以圓柱形爲主，區別很大。那麼有一點至少可以證明，這扳指應當是唐朝以前的古物，因爲唐朝後期，扳指的製造幾乎已經絕跡。

沈傲再看這扳指的藝術風格，便忍不住笑了笑，這種風格明顯帶有春秋戰國時期的特點，那個時候豪門大多愛佩戴玉飾，而玉製的扳指也一度成爲時尚。

沈傲又看了扳指的內壁，隨即又明白，這應當不是單純的裝飾品，它的主人應當是一位經常領軍出征或者愛好游獵的王侯將軍，因爲內壁裏有明顯弓弦牽扯的磨痕。

他將扳指放在桌案上，微微一笑，心裏想應是春秋時期的扳指，不過，這扳指好像又有點不同，制式上有一點燕趙文化的特點，那麼這扳指應當是燕趙時期的古物。

不對，應當不是燕人製造的，燕人地處偏北，天氣異常乾燥寒冷，因此製造的玉扳指不多，反而鹿骨爲材料的扳指比較常見，因爲佩玉容易生汗，而在寒冷的天氣，汗液若是凝結，佩戴起來很不舒服。那麼就是趙國貴族的扳指了！

沈傲心念一動，趙國曾經歷兩個階段，一個是胡服騎射之前，一個是之後，這兩個時期對於趙人來說，改變的不止是風俗，甚至還有審美觀，之前的趙人大多以精美的玉飾為時尚，而此後，趙人逐漸開始趨向於實用主義；這個扳指很精美，玉紋的表面明顯有雕刻的痕跡，乍看一看，雖然精美絕倫，可是實用性大打了折扣，對於射箭來說甚至還有阻礙作用。

他呆坐在案前，眼眸一亮，口裏喃喃道：「如此說來，它應當製造於趙武靈王之前。」

沈傲拿起扳指試著在自己手上戴了戴，這扳指顯得有些狹小，顯然不是成年人佩戴的；沈傲的雙眸閃過一絲疑雲，隨即笑呵呵地道：

「趙武侯的戒指，自是非同一般，依我看，這戒指若是遇到識貨之人，便是開價五千貫，也沒有問題。」

周大福呆了呆，道：「大人是如何得知的？」

沈傲撇了撇嘴，道：「簡單得很，這枚扳指明顯是公侯的常用之物，又有春秋時燕趙的工藝特點，燕人極少用玉扳指，而趙人最為常用；再加上這扳指過於精美，與武靈王之後的趙國風尚不符，那麼它應當是武靈王之前的扳指了。」

沈傲頓了頓，隨即又道：「此外，這扳指頗為狹隘，應當不是成年人佩戴的，在武靈王之前的趙國公侯之中，是誰年紀輕輕就繼承了趙國的爵位？我記得在《戰國策》中曾經提及過，趙國的第二任君主趙武侯，幼年便繼承了爵位，且生性尚武，好遊獵，只不過因爲年幼，國事都掌握在權臣手中，此後這個武侯還未成年，就病逝了。」

「時間倉促，到底對不對，本大人也只能用這種猜測來斷定這扳指的大概，至於它是否有其他主人，我就不得而知了。」

周大福聽完沈傲的分析，動容地道：「大人博古通今，老夫佩服至極，異日必登門請教。」

他這番話有些誠惶誠恐，眼眸閃過一絲敬佩之色：「到時再聆聽大人的教誨。」

沈傲不置可否地笑了笑：「那現在我能不能登岸了？」

周大福連忙側身一讓，道：「大人請。」

沈傲大喇喇地走過去，登上臺階，前方便是萬花樓。

這萬花樓在數十級的臺階基座之上，自下往上看去，彷彿高聳入雲，巍峨壯觀；拾級而上，兩邊堤岸的看客大叫：「快看，沈縣尉又過一關了。」

人群騷動，一時有人大聲喧嘩起來，議論紛紛，這是前所未有的事，以往還沒有哪個能連過四關，直抵這萬花樓門口的，這個沈縣尉也太神奇了。

沈傲不去理會身後的人，徑直走入萬花樓。

萬花樓中坐落了不少賓客，都是杭州城有名的才子，見沈傲進來，有些猝不及防，誰都不曾想到，這個沈傲竟能過關斬將，連過數關。

沈傲帶著微笑，左右打量了這萬花樓一眼，從空氣中聞到了一股酒香，尋了個位置從容地坐下，笑道：「原來諸位在這裏喝酒，好極了，來，給本大人上酒，對了，是誰請本大人來的，記在他的賬上。」

萬花樓中所有人都顯得有些怪異，皆是面面相覷。

沈傲見沒有小二來招待，拍了一下桌子，道：「喂，人呢，上酒，知道本大人是誰嗎？小心待會兒叫都頭帶來查你的破酒樓有沒有繳稅！」

他隨即一想，咦，這繳稅的事好像不歸我管的吧？管他，嚇唬嚇唬這些土財主再說。

身後的釋小虎見沈傲這般，也壯起了膽子，一屁股坐在沈傲的對面，拍著桌子道：「店家，給我來三十串冰糖葫蘆，我家大人付賬，要山楂的！」

沈傲瞪著他：「小虎，你……你於心何忍，本大人沒帶錢出門的。」

釋小虎道：「沒關係的，沈大哥，大不了等下我多跑一趟腿，替你回去拿錢。」

「無恥！」沈傲打開扇子，恨恨地搧風。

那幾個士子終於回過神來，一起過來，其中一人問道：「敢問你是沈傲沈大人？」

沈傲道：「沈大人英俊瀟灑，風流倜儻，難道你們認不出嗎？」

這幾個士子曾想過沈傲的許多種形象，卻沒有想到沈傲竟這般年輕，長得還真是英俊瀟灑，一點都沒有胡說，不由地愕然一下，一個士子鄭重地行了個禮，道：「大人居然能進得百花樓，學生佩服。」

其餘人有不甘的，有敬佩的，也都老老實實地向沈傲見了禮。

沈傲一點都不客氣，現在玩客氣這套把戲已經晚了，此前怎麼不見他們對自己客氣，大笑一聲，道：「敬佩就免了，我問你們，還有什麼要來考我的儘管都使出來吧，考校完了，立即拿彩頭來，我是官啊，官啊，懂不懂？我很忙的，沒有興致陪你們對月吟詩、賞燈作畫。」

其中一個士子想了想，道：「還有最後一題，就是請大人留下墨寶，爲百花樓題字，如何？」

「題字？」沈傲收攏扇子，伸出手來：「那就快點，我趕時間，拿文房四寶來。」人就是這樣，見到好欺負的便一個個狂傲無比，遇到沈傲這般比他們更狂的，這些平日裏狂得沒邊的所謂名士就心虛了，不多時就有人拿了筆墨來。

沈傲放下扇子，將袖子捋起來，捉筆便在宣紙上狂書。

他運筆走的是草書的寫法，直接下筆，一氣呵成，不帶一點停留，那筆尖在雪白的紙張上龍飛鳳舞，猶如唱片上跳躍的針尖一樣。

眾人引頸觀看，待沈傲擱了筆，這才發現，這草書有一種大張大闔，激情豪放的風格，著墨無不精妙無比，不待絲毫的凝滯。

「勢來不可止，勢去不可遏，好書法！」其中一個士子忍不住捏著短鬚，大聲叫好。

沈傲微微一笑，伸出手來：「少拍馬屁，拿彩頭來！」

沈傲的行書很是高雅，卻沒想到這爲人就有那麼一點兒讓人大跌眼鏡了，活脫脫一個死要錢的主。

沈傲既然已經開了口，那行書又無可挑剔，幾個人相互對視一眼，隨即有人道：「大人何不與我們小酌幾杯，這彩頭，我們自會叫人送到衙門。」

沈傲想了想，還在考慮，那一旁的釋小虎道：「有沒有冰糖葫蘆吃？」

「有，有的。」

釋小虎大笑：「沈大哥，人家既然盛情相邀，我們若是不陪他們喝幾杯酒，總是說不過去。」

沈傲敲了一下他的腦殼，橫瞪他一眼，臭和尚，連本大人也敢拿來出賣！心裏有些悲催，原來在釋小虎的心裏，自己的價值只不過是幾串冰糖葫蘆而已。

沈傲當先落座，道：「既然你們要請本大人吃酒，那麼本大人就和你們喝幾口吧，事先聲明，本大人兩袖清風，清正廉潔，你們可千萬不要借著請我喝酒的名義拉攏腐蝕於我，我是寧死不從的。」

沈傲進了百花樓，久久沒有出來，河堤兩岸的看客紛紛屏息等待，不知裏面的情形如何？

足足過了半個時辰，還未見到動靜，許多人已紛紛搖頭起來，在場之人不少人買下杭州士子勝的，可是看這架勢，那沈縣尉只怕並沒有輸，若是當真輸了，早就灰溜溜地從百花樓出來了，哪裡還有臉面繼續滯留。

遠處酒樓的廂房裏，轉運使江炳頗有些怡然自得，抱著茶盞露出一絲笑容，道：「不消說，那沈傲勝了，來人，下一個帖子，叫沈縣尉過幾日到我府上來。」

身後立即有曹司的官員道：「是，大人。」

安撫使李玟伸了個懶腰，滿是疲憊地道：「結果應該揭曉了，沈縣尉給杭州的官員增色不少，打消了這些狂士的氣焰，看他們往後還敢不敢嘲笑朝廷命官。」隨即又淡然地道：「諸位，我先告辭了，年紀大了，比不得諸位勁氣這般充足，對了，金大人，那個叫畫青的縣丞還沒有消息嗎？」

金少文連忙道：「暫時還沒有消息，下官已經告知了各地的廂軍，已在運河沿岸設下了關卡，竭力盤查。」

李玫淡漠地道：「有勞金大人費心了，一定要把人找回來。」

金少文頷首點頭，在座的官員，都不知道這位安撫使為何突然問起那縣丞的事，很是不解，倒是有幾個人看清了門道，這位李大人，是故意提起此事，頗有些要把事情鬧大的意思。

想想看，當時與畫青結伴同行的，不就是這個沈縣尉？身為縣尉，與同僚同行，卻讓匪徒劫走了，真要算起來，便是給沈縣尉安一個無能的帽子，也行得通。江炳聽了李玫的話，心知他是要和自己打擂臺，只是微微一笑，繼續去看百花樓。

李玫離開之後，金少文等人也都紛紛告辭；在座的倒還有不少官員，江炳露出一絲不可捉摸的笑容，抱著茶盞吹了吹茶沫道：「哪個是仁和縣令？」

坐在最後面的于弼臣聽到轉運使大人喚自己，一開始以為自己聽錯了，愣了愣，隨即連忙醒悟，碎步過去朝江炳行禮，道：「下官在。」

江炳道：「這個沈傲是最愛胡鬧的，你和他在同一屋簷下辦公，往後還是好好看住他，不要讓他鬧出了亂子，這裏不是京城，天高皇帝遠，真要被人抓了把柄，到時候當真是叫天天不應了，明白了嗎？」

這位轉運使大人說起話來總是慢吞吞的，于弼臣已發現自己的後脊被冷汗浸濕了，也猜測不出轉運使大人的喜怒，只是忙不迭地道：「是，是，下官一定好好看管。」

江炳沉默了片刻，搖搖頭：「算了，你看不住他的，在京城裏，不知多少人看著他呢，誰看住了?還不是一樣三天兩頭鬧個滿城風雨的事來，還是我親自來吧，先給他個下馬威，教教他如何做官！」

「是，是，大人出馬，那沈傲自是服服貼貼。」于弼臣汗顏退到一邊。

這時，那河堤兩岸一陣沸騰，眾人看下去，才發現沈傲已經出了百花樓，臉上帶著一副自得的笑容，帶著童子搖著紙扇、瀟瀟灑灑地步回畫舫，顯然是要打道回府。

「沈縣尉勝了，沈縣尉勝了。」只看這個架勢，所有人都明白了，一時許多人叫好起來，有的人是真心佩服這縣尉的才學，有的人是因爲想贏大注，在賭檔押了沈傲，一賠五的賠率，已經足夠許多人大賺一筆了。

沈傲坐了畫舫，在河堤的棧橋前停住下船，隨即在眾目睽睽下繞回熙春橋，叫釋小虎牽來了老馬，翻身上去慢悠悠地離開。

別看沈傲一副悠哉悠哉的勝利者姿態，其實他心裏還是很虛的，恨不得立即插上翅膀趕快躲回縣衙去，今日的人太多了，誰知道這裏有沒有幾個不服文鬥比試不贏的要動粗?!雖說琴棋書畫是高雅的事，可是那些押了重注卻賭輸的傢伙卻是沒興致知道什麼是高雅，到時候光天化日之下，堂堂縣尉當街被幾百上千個傢伙無故痛毆，傳出去那可不用見人了。

這叫君子不立危牆，王八之氣還是省省吧，講道理什麼不怕，玩藝術沈傲不怕，甚至遇到了殺頭他也不怕，因爲殺手至少還知道自己要殺的是誰，謀害懂得規矩；沈傲就怕腦袋發熱的狂徒，鬧將起來不是玩的。

回到縣衙，已經有快吏將熙春橋的消息報了回來，這縣衙裏方才知道這位狀元縣尉的本事，一個個前來道喜，趁機拍一拍馬屁。

沈傲擺擺手，裝作很謙虛的樣子道：「不足掛齒，不足掛齒，誤打誤撞而已，是杭州的士人故意承讓的。」

沈傲說罷，立即趕到後衙去，春兒聽到了動靜，迎出來，她早就叫人斟好了茶，冷了冷，正好給沈傲解渴。

沈傲咕咚咕咚地在一旁喝茶，釋小虎則是繪聲繪色地給春兒講沈傲過關斬將的事，春兒邊聽邊吃吃地笑，等那釋小虎說完了，釋小虎便黏到春兒的身上，道：「春兒姐姐，說了這麼多話，我渴了。」

沈傲瞪著釋小虎，齜牙咧嘴地道：「喂，小子，男女授受不親！」

春兒很是慈愛地摸了摸小和尚的頭，嗔怒地對沈傲道：「他不過是個孩子，你凶他做什麼？」說著便對釋小虎道：「那我叫人篩一杯冷茶給你喝。」

沈傲無語，他怎麼感覺春兒自從成婚後，性子比以前強了一些了，不過，他是喜歡春兒這樣的，春兒這個樣子才不會容易被人給欺負了！

釋小虎看著春兒幫著自己，膽子更大了，理直氣壯地道：「我要吃冰糖葫蘆！」

「……」

請續看《大畫情聖》九　漫天要價

大畫情聖 八 國策顧問

作者：上山打老虎
發行人：陳曉林
出版所：風雲時代出版股份有限公司
地址：105台北市民生東路五段178號7樓之3
風雲書網：http://www.eastbooks.com.tw
官方部落格：http://eastbooks.pixnet.net/blog
Facebook：http://www.facebook.com/h7560949
信箱：h7560949@ms15.hinet.net
郵撥帳號：12043291
服務專線：(02)27560949
傳真專線：(02)27653799
執行主編：朱墨菲
美術編輯：許芷姍

法律顧問：永然法律事務所 李永然律師
北辰著作權事務所 蕭雄淋律師

版權授權：蔡雷平
初版日期：2014年2月
初版二刷：2014年2月20日
ISBN：978-986-5803-33-9

總經銷：成信文化事業股份有限公司
地　址：新北市新店區中正路四維巷二弄2號4樓
電　話：(02)2219-2080

行政院新聞局局版台業字第3595號 營利事業統一編號22759935

定價：280元　特惠價：199元

國家圖書館出版品預行編目資料

大畫情聖／上山打老虎 著. -- 初版. -- 臺北市：
風雲時代，2013.08 -- 冊；公分

ISBN 978-986-5803-33-9（第8冊；平裝）

857.7　　　102015353